遇见

李春湘 著

遇见
YU JIAN

我需要有一种充盈,掩盖这种黑暗与孤独
只有诗歌,才能让我内心丰富与安静

北方文艺出版社
·哈尔滨·

图书在版编目(CIP)数据

遇见 / 李春湘著. －－ 哈尔滨：北方文艺出版社，2022.1
　ISBN 978-7-5317-5363-6

　Ⅰ.①遇… Ⅱ.①李… Ⅲ.①诗集-中国-当代 Ⅳ.①I227

中国版本图书馆CIP数据核字(2021)第262185号

遇见
YUJIAN

作　者 / 李春湘
责任编辑 / 张贺然

出版发行 / 北方文艺出版社
发行电话 / (0451)86825533
地　址 / 哈尔滨市南岗区宣庆小区1号楼

印　刷 / 长沙市精宏印务有限公司
字　数 / 100千
版　次 / 2022年1月第1版

书　号 / ISBN 978-7-5317-5363-6

封面设计 / 潇湘悦读

邮　编 / 150008
经　销 / 新华书店
网　址 / www.bfwy.com

开　本 / 880mm×1230mm　1/16
印　张 / 18
印　次 / 2022年1月第1次印刷

定　价 / 88.00元

自序

我在大概十二岁的时候，父母带着哥哥姐姐下地干活，到队里去挣工分，母亲吩咐我留守看家。百无聊赖之时，我翻箱倒柜在家里找吃的，发现了藏在阁楼上的一捆书。后来听父亲说，那是返城的知青送给我们的，因为父亲担心孩子们看了"禁书"会中毒，又舍不得丢掉这些书，就封存在房顶的阁楼上。

我阅读的第一本文学书，是被撕掉前半部分的小说《青春之歌》，第二本就是《普希金诗选》。说来也凑巧，我婚姻里的男主角，就是一位和余永泽一样曾回乡探亲的大学生。与林道静和余永泽不同的是，我们不是在海滨相遇，而是阔别多年后，在我工作的黄土地上重逢。婚后我们始终走在同一条道路上，一辈子为国家的医学高等教育献身。而我对于文学的爱好，最早便始于诗歌，虽然如林徽因在《究竟怎么一回事》中所言"写诗究竟是怎么一回事，真是唯有天知道得最清楚！"我不能完全明白自己为什么会喜欢诗歌，但我痴迷诗歌，痴迷它朦胧的意境，痴迷它含蓄的表达；常常睡到夜里两三点，脑子里冒出不可名状的意象，让我有记录下来的冲动；我忠于"那一串刹那间内心整体闪动的感悟"，勤于用简短的分行文字，在知青们曾经送给我的塑料封皮笔记本上，记录"那一闪感悟"。在我调来省城工作之前，就记录了十多本，那些幼稚可笑的文字，被我永远封存在故乡老屋的阁楼上。

天公不作美，我爱好文学，读大学时却被安排攻读政治专业；对货币没有什么概念，读研时却被录入经济学专业；因为工作变动，在教却非教，在政却非政，完全失去了自我。

但我从未止于对诗歌的热爱与追求，用阅读与写作打发自己的业余时间，以此保留自己的精神领地。少年时欣赏李白、毛泽东诗歌的豪爽大气，心随飞扬；青年时读徐志摩的诗，知道诗歌还可以有如散文式的写作；后来读海子、顾城、舒婷的朦胧诗，终究只记得那些被传颂、被文艺界一致点赞的通俗易懂的名诗金句；中年时代读但丁、泰戈尔、三毛的诗，就有了许多人生的感悟，思维也提升到另一种境界，它与我所学专业有了更多的契合点。诗歌与哲学，天生是存在姻缘的。因为工作需要，我曾发表过一些思想政治教育方面的专业文章，写过多首诗稿，却如买衣服一般，将其挂在柜子里，不再理睬，从未想过拿出去出版，若干年后，这些诗歌如衣服一样，早已过时。我是一个追求完美的人，深知自己文学理论近乎空白，塑造不出优美的作品，自己的诗，从艺术手法到写作题材，与自己景仰的诗有太大的差距，况且，将自己的内心置于大众评判的风口，担心自己不具备如此强大的心理承受能力。

直到2020年9月，我被湘雅医院确诊为帕金森病,根据医学专家推断,相对于我的年龄,这个"伟大的病"早来了二十年。

未来已来。"我的右手/画不动如火如荼的河山/点不燃黄昏的炊烟。"我翻阅了大量医学书籍,拜见了北协和、南湘雅的知名专家,得到一致的指点:你要接受现实,快乐地生活。我深知《我没有未来》,曾经所有的顾虑与担心瞬间消逝,荡然无存。

"我来自偶然/长成必然/从草到人/每一分钟/都很感动。"我从一个贫困农民家的孩子走到现在,承受了多少恩惠,凝聚了多少感动,我应该以一些文字,给予这个温暖的世界感恩的回声;同时,得到湖南读书会张立云会长的鼓励,于是,就有了这本集子——《遇见》。

我只为自己的内心写作。《遇见》记录了我人生路上关键节点,主要是近年来心灵的真实历程,留下了对我曾沐浴的雨露阳光和生我养我的这块土地的深刻记忆,留下了对我人生两个重要人物——父母的深情怀念和歉意,留下了人生路上遇见的人、事,细节的感动、感恩、感想。当然,作为一个女作者,也少不了一些病人式的呻吟与抱怨。童年、少年时代的贫困与成年后生活的磨难,一些既不合理又不合法的社会现象,使我常常是一个既慈善感恩又愤怒忧郁的"诗人"。我一直没有自信,"其实我的诗并不美",既非艺术性写作,也非历史性写作,更谈不上两者发生勾连,反倒受自己所学专业的影响,《遇见》中的很多诗句,带有政治的说教和哲学的思考,政治抒情多于情感抒情,过于直白,缺乏灵动和张力,这或多或少会影响诗的艺术性和读者的阅读兴趣。能让《遇见》问世,我对出版社既充满感恩,又充满内疚。

"文学,是疗伤的""只要有梦,什么时候也不晚,特别是文学"。这是湖南文学界两位"大伽"对我的鼓励。人生是一部戏剧,序幕都很幼稚,结局都很悲惨,那么人生活的就是一个过程。于我而言,这个过程比常人悲壮,将是一场不断与疾病搏斗、又不断与自己媾和的持久战,在这场战争中,无论我怎么努力,终将付出生命。既然如此,我何不藐视这种疾病、遗忘它呢?《多年以后》,"我将走入黑暗与孤独",但在走入黑暗与孤独之前,我需要扎根于现实的土壤之中,不断激励与超越我自己。我需要有一种充盈,掩盖这种黑暗与孤独。只有诗歌,才能让我内心丰富与安静,诗歌是我的《五十米光明》,它将把我带往我的领地,"必将增添我活下去的信心",并为此感恩。

第一辑　灵魂寓所

五十米光明 …………………………… 003

双江口平原 …………………………… 004

远古的南疆 …………………………… 008

最美的西藏 …………………………… 009

宁川大地 ……………………………… 010

西夏陵 ………………………………… 011

沙漠 …………………………………… 012

亚婆湾之夜 …………………………… 013

海之晨 ………………………………… 014

海峡对岸的思念 ……………………… 015

鸟对鱼的牵挂 ………………………… 017

大连海上之夜	019
哈尔滨的白杨	021
村庄	022
木棉	024
月明塘	025
当你八月来到新疆	030
黄昏走在异乡的大街	032
夜宿铁道旁	033
定远舰	035
湘江独泳	037
灰汤再见	039
父亲的平原	041
灰汤烟雨	043
靖港古镇	045
千龙湖	047
故园	048
六月的别离	049
泉交河畔	051
孤月	055
太阳真好	057
冬雨	058
孤寂的雨	059
午后阳光	061

四洲庙的佛	063
女人的手袋应该收纳什么	065
友人诗三首	066
我终于可以在你的世界停留	069
生活的全部	071
杏树	072
四月桃花	073
半边月亮	075
变化的雪	076
生活的理由	078
你可以　不可以	079
乡愁	081
薰衣草	082
图书馆	084
江湖	085
短章	086
2018年的最后一场雪	087
风	089
雷雨	090
钥匙	092
做人是值得的	093
2008年的冰灾	094
孤独的春节	096

篇目	页码
想去的地方	098
新年	100
2019年除夕	102
四月	105
那一夜	106
九月出发	107
我仍然爱着	108
出征	109
等待	110
慰藉	112
2020年春节　我多想	114
七夕的天空	116
出海	117
2020年中秋	119
中秋寄语	120
归	121
今夜　我会来医院见你	123
用生命奔走	125
请往前方下一个出口	127
极地	129
在我的诗歌里　总有一些是为你吟唱的	131

第二辑　途中遇见

闯天路的人 …………………………… 135
豪门儿女 ……………………………… 137
哥 ……………………………………… 139
娘 ……………………………………… 142
手足 …………………………………… 144
朋友 …………………………………… 146
我是第一百个顾客 …………………… 147
你最好学会长大 ……………………… 148
宝贝日记三章 ………………………… 150
民间高手 ……………………………… 153
往事如你 ……………………………… 155
医学学生 ……………………………… 157
患者家属 ……………………………… 158
师徒 …………………………………… 160
舌与牙 ………………………………… 161
恩爱夫妻是彼此的父母 ……………… 163
安静地看着你 ………………………… 166
终于遇见自己 ………………………… 168
医者仁心 ……………………………… 169
建筑工人 ……………………………… 170

一只不咬人的蚊与一个不打蚊的人 ………… 172

雀儿 …………………………………………… 173

第三辑　过往烟云

黑夜三章 ……………………………………… 177

竹与柳 ………………………………………… 180

今日过后 ……………………………………… 181

江湖的酒 ……………………………………… 182

绿绒蒿 ………………………………………… 184

冬日炉火 ……………………………………… 185

秆 ……………………………………………… 186

天空与海 ……………………………………… 188

婚姻短语 ……………………………………… 189

有些树 ………………………………………… 191

看海 …………………………………………… 192

定位 …………………………………………… 193

无言 …………………………………………… 194

熬 ……………………………………………… 195

光阴的药 ……………………………………… 197

我就想这样被雨淋着 ………………………… 198

那些凶猛的中药	200
那逝去的	202
返回	204
躁秋	206
她该向你们忏悔	207
腊月	209
生日	211
机场再见	212
别再等我	213
缘分	215
倾听	216
失声日记	217
囚	219
觉悟	220
赶路	221
只有金属知道我的疼痛	223
失眠	224
星空	225
夏天的雪	226
为自己两肋插刀	227
窗外	228
垂帘	229
我没有未来	230

我将是你的累赘 …………………………………… 231

多年以后 ………………………………………… 233

第四辑　深情怀念

怀念你 …………………………………………… 237

半条被子 ………………………………………… 240

祖先的文明 ……………………………………… 241

那篝火那棉被 …………………………………… 244

青春　你如此让我眷恋 ………………………… 246

那些年 …………………………………………… 248

我的 2018 ………………………………………… 251

赶春 ……………………………………………… 253

失去 ……………………………………………… 255

爸爸　我想做你的父亲 ………………………… 257

呼唤 ……………………………………………… 260

情人 ……………………………………………… 263

影子 ……………………………………………… 264

公公 ……………………………………………… 265

上帝给了你凉爽的夜晚 ………………………… 268

失诺 ……………………………………………… 269

有尊严地死去 …………………………………… 270

PART ONE

第一辑

灵魂寓所

其实它并不富裕
让我魂牵梦绕的
是夕阳下母亲升起的炊烟
是平原为孩子放飞的自由与洒脱

遇见
yù jiàn

五十米光明

黑夜
我的车
给了我前方五十米的道路
生命便如此
在我面前展开

我以内敛的力相信
下一个五十米
再下一个五十米
的路途
会无限在我面前展开
只要五十米
我的生活会一直展开下去

五十米光明
终将把我带往我的领地

双江口平原

（一）

这个选题　让我觉得自己贫瘠
那年春天
我选择平原作为故乡　义无反顾
接纳我的懵懂和一无所有
广阔　美丽　仅用这种词形容它
都是狭隘
那是一种必须身临其境
才能发现的安静　壮阔　圣洁与神奇

千岁年轮
它永远是一种不老的姿态
宛如一位安静的女子
一头秀发　一袭长裙
是她恒古不变的年轻

（二）

丝丝白云　在春日的蓝天穿过
安静地　生怕惊动阳光与大地的互动
万亩花海　被三月的油菜花铺开
摁进城市人目光短浅的镜头
五月的禾苗为平原换上绿妆
魔幻般变出七月金色的稻浪
灌进平原的粮仓
这一切　如果你没看够
请站在汨江堤岸
秋日的暖阳将为你重播
夏天的翠绿孕育秋天遍地金黄

当皑皑白雪将平原覆盖
那是天地浑然一体的圣洁与壮阔
生命裹在岁月的车站
九排白色的和谐号集体停靠
等待阳光待发　于是
来年的勃勃生机随着春的呼喊
被再次打开

（三）

两河夹九渠　棋格般的水域
月星的湖　草溪的塘　青龙的坝

取之不尽的乳汁
给田野的稻
给水中的鱼
给了八百里洞庭生生不息

双青公路南北串起
九渠旁青一色的民居
一个"非"字　安静书写
朝露里鸡犬相闻的"是"　和
夕阳下落入西边丘陵的霞
长常高速腾空横卧东西
将平原与世界连在一起
远方的客人是否停下来
稻香里农耕走入现代的画
别让你久久流连

学校的钟铃　文化站的广播
医院的白衣　泗洲庙的香火
倾情侍奉　平原的子孙
渔樵耕读
民风纯朴
早起的灯火　晚归的夕阳
将"会养猪　会读书"嵌入历史碑文

（四）

其实它并不富裕　现在还是

让我魂牵梦绕的
是夕阳下母亲升起的炊烟
是平原为孩子放飞的自由与洒脱
他们在天上飞　在海上漂　在平原奔跑
理想如母亲的胸怀一样广阔
世界有所改变
平原就会有所改变

远古的南疆

大漠孤烟

鸟瞰新疆地无边

夕阳晚西下

瞭望于阗

犹见满目风沙

边陲不定

仍有骚乱与残杀

寄居维民家

遥望中原

仍恋星城繁华

2009 年 8 月于新疆

最美的西藏

抬头便是可触摸的云朵
脚下就是梦中的雪山
诵经声唤醒众神的孩子
身体贴着大地匍匐
朝圣灵魂憩息的地方

千百年来
雪域高原的牛羊
守护公主和赞普的敖包
流落民间的玛吉阿米
是否轮回遇见
西藏最美的情郎

宁川大地
——给某人

你把一个有思想的人
开进宁川
你的光芒万丈
怎媲北方大地
巍巍白杨
你倜傥士绅
怎比茫茫戈壁
豪放包容

睡在塞上江南的麦浪之巅
远去了
流水小桥上丝丝烟雨
你再也带不回那个
多愁善感的江南女子
宁川大地
它的安静与辽阔
适宜书写
千年情话
万古诗篇

2019年8月于宁夏银川

西夏陵

党项羌祖传的拓跋
唐王朝赐予的尊称
元昊自封的嵬名
写在风沙中飘扬的战旗
两百年高原红
长长的马鞭
甩出一个风生水起的西夏

盛唐的羽翼
护不住母党下的皇党
苍茫天穹
佑不了草原变成沙漠

千年以后
我来时
目睹贺兰山下
堆堆荒冢
无草遮掩
西夏陵裸露的彪悍与纷争

2019 年 8 月于宁夏银川

沙漠

谁允许你

圈地无疆

却千年昏睡

寸草不生

牛羊不现

我闯入你的腹地

流落辗转

愿迷途不返

唤你苏醒

2019 年 8 月于宁夏银川

亚婆湾之夜

今夜　星星与月亮
缺席我的到来
亚婆湾环海的灯带
映出天边的红霞
海市蜃楼
在大海之空邀我入住

阵风袭击沙滩
波涛拍打海岸
夜泊港湾的商船
将灯光辉映
玩海的婚纱

我在拍击海岸的涛声中
辗转不寐
阔别多年
我的激情
仍然被大海点燃

海之晨

大海之晨
水天一色
初醒的商船
将大海唤醒
光膀的男人
在沙滩上追梦
晨起的海儿
在沙滩上捡拾童年

危楼远眺
大海有我的波涛
天空有我的云彩
我从中原走向大海
走向我梦中的故乡

2018年8月于惠州亚婆湾

海峡对岸的思念

我总是站在沙滩面向大海
将你凝望
我梦中的你
在那儿的大陆
用贝壳拼成我五彩的家
浪花亲吻着岩石
船儿靠岸时
你带着海的气息
将我高高托起

我凝视太久
眼睛有一些模糊和潮湿
退潮时我奔向你的方向
海水渐渐淹没到我的小腿　　大腿　　腰际
如果我
将灵魂与肉体一同
交给大海　　交给彼岸
交给你——我亲爱的祖国

你对我

是见与不见

我多想

大海不再涨潮

沧海从此变成桑田

小鱼与小鸟做伴

宽阔的公路跨越海峡

在两岸穿行

我不用再向后人交代

千年以后

把我撒向祖国的土地

从现在起

你来或是我往

都很方便

2018 年 7 月 14 日于厦门

鸟对鱼的牵挂

我在海面上狂奔
带着满身的白
只想让你看见
我的失魂落魄
海岸上那些悠闲的人们
呼我为白鸟

鱼儿　你是否在海底安睡
毫无防备地
等待火山吗
等待核辐射吗
还是等待食鱼者的抓捕

涨潮时
我在波涛汹涌的闸口等你

鱼儿　如果你在海里谋生
不要误食渔民的弃物

不要误入海盗的航线

不要让台风将你带往异乡

落潮时

我在浪花滚动的沙滩等你

我要把你带往我的天空

蔚蓝的天空

养你在航空站静静的碧波里

让你长出鸟的翅膀

与我一路高翔

2018 年 7 月 14 日于厦门

大连海上之夜

站在大连通往烟台的船上
又一次交由大海洗涤
甲板上悠悠清风
抚摸我七月的面颊
为我试去委屈的泪痕
今夜月亮无眠
在朦胧的海上之夜
为我开辟一条活下去的航线
多少年了
我不曾像今夜
同时被大海与天空眷顾
也不曾有过
如今夜脱离红尘的轻松

我仰望星空与月亮艳遇

心的绞痛　手的颤动

被甩在船尾

我倾听着

船底潺潺的水声

相信过去

湮没于大海深处

2019年7月30日夜于大连

哈尔滨的白杨

怯怯地走近你
街道旁
那一排排挺拔的白杨
我仰视你入云的树梢
你六月的叶
为我遮盖了炎热的天空
多想靠一靠
你粗壮的树杆
将疲劳泄在你的脚下
滋润美丽的黑土地
托冰城清凉的风
和你的白絮
将我的抵达
带往南方
那两棵伟岸的白杨

2019年6月于哈尔滨

村庄

母亲村庄的那棵树
伫立村头　若干年
洪水浸泡
厚雪积压
仍然静候开花

公鸡半夜哀鸣
无炊烟的房顶在雨中腐化
妇孺时常在它脚下叹息
村庄只留下孤独瘰寡

春雨过后
村庄复苏
荒废多年的土地
从此种上了庄稼

山岗上的加工厂
摇动村庄远古的静寂

山脚成群的别墅
是母亲孩子的家

阳光下
白云飘过妇孺歌舞的广场
月光里
路灯与天空辉映村庄的繁华

百年老树坚守成
后代对于村庄的记忆
年年结果
岁岁开花

木棉

做一棵参天的木棉
长在稀树草原　不张扬
长在干河热谷　不忧郁
来时将春天带来
走时将湿热带走

月明塘

（一）

这个角落　没有微信地图
当年我只身闯入　血气方刚
不知大宅门的深浅
草率决策为第二故乡
三十年　我在这里居住的时间
聊聊无几　前半生陪着一段
意欲辉煌的情感　闯荡江湖
书写壮阔波澜

它只有我故乡平原的一角
大门口可呼唤到的南北
五分钟可走完的东西
浓缩着中国上世纪的乡村

（二）

松树竹林环绕

是箍住裨草的栅栏

屋顶飘荡的浓烟

囚禁屋场家长里短　鸡鸭纷争

三十年　脑中只有

毛毛虫爬上床头的记忆

冬天瓦楞上的白雪

透过房顶玻璃

窥视我的婴儿

月明塘夏天干涸

是一种断水的来势

父亲在塘里挖出两池

一池饮水　一池洗衣

月子里　喝着稻田渗下的水

撸起裤腿下池　清洗尿布衣衫

无路逃离

次年夏天　全身长满铜钱廯

用硫磺护着肉体

也护着我在娘家面前的体面

（三）

拜堂的那一天
生母嘱咐
生身父母在其边
养生父母大于天
年少无知　直呼生母愚顿

进城后　身上的盘缠日不敷出
在走廊炒菜　在厕所淘米
筒子楼的生活
充满婚后的硝烟
衣无领　裤无裆
探亲的生父
流着眼泪嘲笑

从此　月明塘的大宅门
定向城市供应
家具刀具用具
粮油肉食疏菜
一供就是三十年
为人之母时才发现
一字不识的生母
天生是位哲人

（四）

如今"没有衣锦　我也还乡"
月明塘早已不是昔日模样
水泥路环屋场插上路灯
将塘边的杜鹃　庭院的山茶花
遍野的油菜花　守护
将春天作长久的挽留
清澈的塘面
映出绿树红墙的庭院
一路之隔的梅塘里
已为钓手的天地
成了微信地址　网络热搜

再次踏上养我的故土
已被清新的空气　浓浓的乡情
洗脑收留

（五）

国家农业示范园驻进
花猪养殖场徽派建筑群
庭院深深
吸引闹市远客前来探访
吃土鸡　尝野菜
游农趣园　采蘑菇　竹笋　山蕨

暂别城市纷纭
静观乡村日月
在广场放歌
走西山登高
一周的疲劳洗尽　日子
又如梅塘里西山一样
有奔头

（六）

民舍满墙的水墨画
还原月明塘远古的民俗
为国忠臣
为家孝子
一代又一代秀才
走出月明塘
既为良相也为良医

并入双江口惊呼"倒插门"
平原的书声　平原的风
为月明塘送来灵动
长常高速在此入口
拉动乡村振兴
南往槎梓桥现代牧场
北去团头湖十里橘园
宁静之乡　又添一处
诗意远方

当你八月来到新疆

当你八月来到新疆
脚下一条绵长的路
任你穿越茫茫戈壁
追赶天边的朝霞

当你八月来到新疆
克拉玛依的牛羊
把你领进浩瀚的草原
在圣洁的帐篷里
饮一碗清香的奶茶

当你八月来到新疆
吐鲁番的太阳
让你感受最真诚的炽热
交河古城千年之佛
为你展示西域民族交融的繁华

当你八月来到新疆
喀纳斯九曲回旋的清水河

邀你入住枫红的山麓
天池出浴的雾霭
就是你梦中的她

当你八月来到新疆
魔幻城五彩的沙滩
总有情侣留住多情的夕阳
我愿陪你
自由呼唤远山无忧的风车
深情亲吻
边陲的哨所与灯塔

2009 年 8 月于新疆

黄昏走在异乡的大街

空中飞舞着六月的雪
将我的心悬在异乡的夕阳中
宽阔的街道空无一人
容我肆意跨越　流连
我寻找一处栖息的寓所
只为洗净漂泊的沧桑

夕阳落在光怪陆离的房顶
黑暗向我靠近
回家的路还很漫长
不安的夜晚
陌生的音乐带着远方的恐慌

空中飞舞着六月的雪
我用歌声为自己壮胆
街道的每一个出口
都通往故乡

2019 年 6 月 18 日于哈尔滨

夜宿铁道旁

在南方
窗外的雨点
屋内的脚步声
落在炊烟上
每一个音点都能将我惊醒
深夜无眠

在北方
夜宿铁道旁
咣当咣当的车轮
带着呼啸而来的汽笛
催我入梦

风雷激荡的列车
飘动着城市兴起的红旗
隔着岁月时空
我静心倾听
从远古走向未来的歌

我想　我适合有一个舵手
将我带入
滚滚洪流

        2019年6月19日于哈尔滨

定远舰

我辗转千里
只为寻你而来
蓝色的风
吹拂你帽沿上的飘带
那是你给我
一个世纪的承诺
我的到来
你的致意

我来了
你却长眠海底
给我一个爱的替代
在我远离时
你承受过多少弹雨
经历过怎样的搏击与煎熬
无助与沮丧

如今
你在海底
建起一座历史的丰碑
集合那些铁骨铮铮的英灵
集合民族的气节
让我哭泣
让我凭吊与缅怀

2019 年 8 月 1 日于青岛

湘江独泳

一江碧波
飘浮在颌边
湘江
彰几分浩瀚
几分宁静

独泳
如躺母亲怀抱
母乳的芳香
无忧的心静
在绿山碧水中
升腾

偶尔
拍几拨水
激起少年顽劣的浪花
便有抛却红尘后无忌的洒脱
涌上心头

再来回
踩几蹚水
似闲庭迈步
心却早已
飞向蔚蓝的天空

流连于斯
为那份自由与圣洁
暂作片刻停顿
猛离岸
一往无前
任凭驰骋
管他生死沉浮

灰汤再见

深秋的一抹朝阳
剥去三湘清晨的雾霭
天边山峦坦露
茫茫的青黛与秋红
被黄菊点缀的高速
在玻璃上闪过悠久的时空
晃动的雨刷刮去昨夜的露珠
妖艳的远山
引诱我向她飞奔
靠近　再靠近

灰汤的温泉
洗却昨日的尘埃与疲劳
理想又在胸中跳动
一生所有的行囊都已装车
其实我多么渴望
被大自然沐浴
携笔与纸为伴

公文如绳索冗长

套上脚踝

我已无法回到单纯

只好在秋天的阳光下谢罪

远方的山峦

恕我无暇向你靠近

在我的世界

枉你岁岁花开

我必须开进水泥森林

将树上涂上春天的色彩

秋天到来时

让阳光下的庭院

果实挂满枝头

父亲的平原
——宁乡关山印象

父亲的平原
躺在沩江江畔
横贯南北的公路
是父亲的脊梁
公路两侧的田园
是父亲的胸膛

汩汩流淌的江水
是祖母的乳汁
浇灌出平原无垠的翠绿
秋日的阳光
让父亲的胸肌
坦露出满地金黄

曾经年少的我
将自己放飞在父亲的平原上
无羁地感受——
天地的广袤与旷野的奔放

童生稚嫩的梦
催自己做飞天的远航

归来时极目瞭望
蓝天下　翠绿或金黄中
白墙青瓦已聚集成父亲的村庄
一排排　一行行
令人遐想
父亲的平原
我的粮仓
你就是恩重如山的父母
永远定格在我的心上

2015 年 6 月

灰汤烟雨

那一拨又一拨雾霭
轻轻地　在郁郁葱葱的树梢升腾
飘向云端
江南四月的雨
从云丛泄下
沙沙　如幕
将灰汤的天空洗白
将山峦染绿
将庭院廊檐的琉璃
洗出橙色的靓丽
如雨后天边的霞

紫龙湖以浩瀚的胸怀
将春天的烟雨
欣然接下
成群的鱼儿浮出水面
观雨　吸下
这来自天空的甘露

湖心跳跃的小鸟
呼唤芦苇丛嬉戏的野鸭
高耸的香樟以张臂的姿态
拥抱对岸的古塔
石道缠着成片的四叶草
欣赏幸运的百花

灰汤地下温暖的泉水
也将天空赐予的甘露
欣然接下
收藏着
倾情献给劳模之家

靖港古镇

若干年前我拽着你的衣襟
走在长长的街巷
把青石板跳得嘎吱作响
那时新年的花灯
与现在并无异样

那时的你是否留意过
马头墙上唐军的彩旗
雨巷的矮墙上清兵的通告
靖哥哥已驻扎留守
藩大人依旧兵败忧愁

那时的你是否曾留意
砖雕门罩下走过
三湘四水的米贾
宏泰坊幽深的庭院
盐商遗失的倜傥绸衫
花窗后粉色的长裙

是否还在多情的码头等候
北去的湘江
已将历史的风云带走

如今你拽着我的手
容我依旧在长巷的青石板上跳跃
容我喝一壶清甜的米酒
把自己拍进那群黛瓦白墙的民宿
童年的航标塔仍在波光中挥手
它在指引
湘江东岸
霓虹灯闪烁的古镇铜官

千龙湖

寻静寻美
必将想起千龙湖
黄材水库母亲般的供养
养出体态安详静谧的一湖碧波

想起千龙湖
必将想起
风和日丽的端午
湖面金光闪烁
艾叶飘香
龙舟赛手的喧哗和鼓点
在天空回荡

想起千龙湖
必将想起
人头攒动的堤岸
杨柳拂面
两个稚气未脱的少年
偷偷牵手
从此百年

故园

阴郁的天
吹着重阳的风
吹着满树的金桂
吹出满园的香

父亲的山岗
是否吹着同样的风
母亲的白发
父亲是否又将桂花为她别上

三十年了
那已不是家园
是故园

六月的别离

繁星点缀校园的群楼
月光洒满花园的小路
窗格里那个掠影
是否曾经夜读的我
此刻悠然翘首桥头

年少时畅游书海
铭记先生叮嘱
以勤为径
以苦作舟
学成圆梦为国忧

临床的流式
药学的液质
中西的电泳
诊断的核磁
此刻是否
在光电气液作用的空间

满载行走

教学楼棋格般的窗内
为何不见孩儿们夜读
校园如白昼的灯光
是否为别离的青春守候

泉交河畔

(一)古镇来客

九月　去县城的客车
把一个青涩的丫头
丢在三县交界的古镇
那条青石板路的路口
便成了她人生的开端

蓝天把白云扔在泉交河畔
风中摇曳的大白杨
沙沙地响
从古镇一直响到省城
在她的梦里
它们响了很多年

来接她的联校支书说
走　有什么好看的　穷乡僻壤
她跟着支书走

仍以好奇的姿态
将脖子转向身后
如青蛇的石板路
走向那群老了的青瓦房
田野已金黄
风在稻田里踏浪

青瓦房里的故事
一定如通往外面的路
远古
悠长

(二)炊烟与孩子

河畔的孩子会打鱼　做饭
他们肩上的柴火
比父亲还高
满身鱼的味道
带着炊烟的芳香
他们在她的课堂
坐了许多年
白色的眼睛和牙齿让她想起
夜晚河面上闪烁的渔火
朦胧的河面上
母亲拥着孩子进入梦乡

她喜欢的孩子
穿着哥哥姐姐的衣裳

在寒风中怯怯地说话
轻声背诵
已磨得皱巴巴的课本
将磨出血泡的脚
藏在破烂的鞋子里
用眼泪磨出墨水
书写《可爱的家乡》

(三)河畔女人

泉交河　一个水一样的名字
挑夫的箩筐与主妇的提篮
装着河水
经常发生碰撞
身上带着腥味的女人
在面店与缝纫铺徘徊
是为孩子买一点面食
还是为农机厂上工的男人
做一件体面的衣裳
她们从不留意自己头上的枯发
在风中飘得很高

青春萌动的少女流连供销社的橱窗
她们不喜欢镇上农转非的小伙
学校操场青春的奔跑
带着罗大佑的声音
才是她们的梦想

邮电所丰腴的女人
戴着六十年代的放大镜
过滤所有的远方来信
把年轻人新生的爱情
丢在风中
她喜欢坐在街口的阳光里
剥着团头湖畔的蜜橘
收集橘皮里的药引
留给在镇上工作的情人

(四)鞋

脚上磨出血泡的女孩
留下一个空荡的座位
雨后的天空仍然灰暗
她送给女孩的雨鞋
被女孩哥哥拿走
作为嫂子的定情礼物

一只鹦鹉的声音
唤醒了她灵魂深处的母性
她必须骑上自行车
哪怕千百次
也要压出一条女孩可以上学的路
从家门直抵学校
从学校　走向省城

1983 年秋天

孤月

今夜

太阳走了　金星走了

我在地球上陪你

你孤悬于苍穹中

仍有圣洁的光

把地球的黑照亮

孤独真好

在静谧中

你扫描我窗台上一叠诗书

滞留人间的金桂在窗棂上窥视

我与你前世今生的相遇

我喜欢这样的夜

这样的你

和你的光抚摸下的安静

在树影中看你

在高楼的缝隙中看你

在湖水中看你
你给了我一世的温情与释然

今夜
太阳走了　金星走了
我伴你共眠
一直到来生

　　　　　　　　　　　2018 年 9 月 19 日（农历）

太阳真好

太阳走向床头
将所有女人从梦中掀起
男人也跟着起来
孩子早已在院子里玩耍
还有老年的姐姐　白色的阿毛
她们从不玩弄手机

房顶上挂满床单
世界飘满彩旗
在八月的空中摇曳

他笑我睡眠太好
鼻息声响了一晚
在一个应该失眠的年龄

太阳真好
她知道女人什么时候需要阳光
人世间
总有一些人和事会被遗忘
总有一些人和事是值得铭记和感恩的

冬雨

天空的泪在雾霾中飘零
不知为追寻失踪的小鸟
还是南方的寒冷
将通往故乡的马
催得飞奔

公路在流动
广告牌上的霓虹灯波光暗送
收费站的道闸升了又降　降了又升
一切都在动
天幕下
唯独不见你的身影

前方一个女人在电话中呼唤
她的气息
如炉火在身边升腾
仿佛母亲的手
把我的脸捂得通红

孤寂的雨

这个雨季过于漫长
是秋雨　冬雨　春雨
雨停后　就是夏天
临街的橱窗里
依旧是冬日的裙衫
路边的山楂花一直红着
挂在树上如霜后的菜花
谁来装点这雨后的生机

站在阳台上俯瞰
雨幕下冰冷的城市
灰色的街道
流动着钢铁长城

我想沿着这道长城
奔向南方的海滨
那里天空蔚蓝明净
彩色的风筝自由飞舞

挺拔的棕榈树让我仰视靠近
带着春天的真诚

这个弥漫着汽车尾气的城市
将太阳隐藏在云雾之中
没有绝期
让我自嘲与悔恨
曾经把发动机踩得轰鸣
我的血脉仍然依恋
我脚下的土地
我必须给自己一个目标
陪这个中原城市——我的城市
度过雨季的孤寂

午后阳光

奔跑得太久　总想
把自己摆在可摆的地方
小憩
让身体的血液回流
脑袋就不至于干涸
眼泪不会流进嘴里
不会和着心喷的血
一同咽下

下午的阳光正好
落在窗前的地板上
屋里弥漫着温暖
窗外的芙蓉花
对我微笑
还有满坡的红枫

坐在窗前写诗
写一首诗

写一本诗

忠诚感谢一切过往

半生的守望

培养了我阅读与耕耘

做忠臣与孝子的梦想

2016 年 10 月

四洲庙的佛

四洲庙的佛
我是母亲对你许诺的果
每一次庙会
我分明看见你的脚下
整齐的拜垫上
母亲的手迹与泪痕
她就这样将我跪大
在远离她的视线
在远离家乡的的四十多年里
让我
远离妖魔鬼怪的纠缠

我无法偿还母亲的恩赐
母亲给了我生命　却一次又一次
在双江平原纵横交错的湖泊沟壑里
在寒风的疾患中
捞取我

我能回报她的
是尊重她对佛的信仰
对养育我那片土地的深情

女人的手袋应该收纳什么

收纳钥匙　充电宝

收纳手机　笔记本

收纳身份证　驾驶证

收纳医保卡　健身卡

收纳眼镜

收纳卫生巾

收纳水杯　零食

收纳口红　粉饼

收纳口罩　防护伞

收纳面巾纸　镜子

收纳工作证

收纳作为女人的尊严

友人诗三首

（一）

天赐良辰美景

漫步木栈道

环顾月亮湖

万绿生机勃勃

百花争妍斗艳

鱼跃碧波湖水

鸟唱绿浪山林

偶有一只小鸟掠过湖面

犹如一道黑色的闪电划过

衣形神各异的垂钓者

点缀了这湖光水色

更有童真　宠物

增添无限乐趣

沉醉其中

心灵享受了这一刻

精神积蓄了高能量

再踏征程

无限风光在眼前

（二）

琴声悠悠

凉风习习

两岸流光溢彩

江水碧波荡漾

抛除一天的繁忙

涤尽满身的风尘

忘却凡人的名利

避开喧嚣的应酬

躲进这杜甫江阁

心翼自由飞翔

（三）

蹲在湖中落水的岸石上

狠狠地掬了一捧湖水

清凉透底　没有了一丝浮躁

心境如这湖水一般宁静

山风徐来　泛起阵阵兴奋的涟漪

更有群山连绵　山峦叠嶂

丛林披上一层淡淡的薄雾

依然一片翠绿

农舍稀落地坐落在山涧
鸟语花香　鸡犬之声相闻
让人从来不曾有过的放松
置身于斯
深感名利全然身外之物
我终究不是时势中的英雄
而是返璞归真的凡人
和着山风的气息
和着纯朴的民风
和着无邪的童真
和着琅琅的书声
或许找着一种高尚的永恒

2007年5月

我终于可以在你的世界停留

那时我是娇嫩的花朵
你是天边的朝霞
仰望你的光芒
我羞红了脸颊

那时你是树梢鲜红的石榴
我是树下仰头痴望的丫
我将你画在手心　涂上红色
你是我远方甜蜜的梦魇

那年我登上远轮
开启多年的漂泊
海的阔
容我奔波
浪花与惊涛
一直在我栖息的船舱起落

我在爱着云彩与波涛

爱着大地与孩子
日月颠覆了我的晨暮
我把你留在远方的家

秋天我摘到一筐石榴
夕阳下我摘取一片晚霞
返回时
我终于可以在你的世界停留
享受一份久违的宁静
在宁静中
尽情放歌

2019 年 5 月 9 日

生活的全部

跟朋友出远门
她问我:"你不带背包吗?"
我掏出手机和三片钥匙
朝她挥手:"这是我生活的全部。"

杏树

当春天来到
我如期报告生命的重生
告诉你　一切安好
秋天来时
别误认我发黄枯萎
我是秋天成熟的杏叶
在风中托起你

你说　你一直在注视我
我没有理由不挺直我的腰杆
没有理由不长得高大
让自己的白天过得漫长

整个冬天
甚至于四季
我选择在耕耘中沉寂

四月桃花

山脚阔地
一簇簇一团团桃花
肆意生长蔓延
静静的风
阵阵的香

我伫立的山峰
被千年雨水风化
不索爱
矜持掩盖了心中的炽热
今生受献的唯一桃花
已长成大袄
冬季捂我温热
雨天挡我流弹

我呼风唤雨
浇灌那一片初生的桃林
或挥手

拉一幕阳光
将山脚下碧波环绕的桃花
轻轻盖上

半边月亮

你孤悬于夏夜的苍穹
蝉蛙也配合着你的宁静
你俯瞰的大地
今夜只剩下鬼魅的树影

我沐浴你微白的光
在人群中尽享孤独
身后就是童年的老屋
我却永远回不到故乡

变化的雪

童年的雪
总是在夜里偷着下的
清晨给孩子们跳跃的惊喜
天地浑然一体　晶莹深厚
父亲铲出的雪道让孩子们踩上高跷
母亲堆的雪人插上父亲的长鼻
于是
每个人的童年都是圣洁的

中年的雪
学会了张扬
先落在互联网上
犹抱琵琶姗姗而至
如蜻蜓点水
稀稀拉拉洒落人间
它覆盖不住生命的绿
阔叶林顶着雪　吊着冰凌
并不感到沉重

草地上长出嫩芽
并不理会春天还没到来
麻雀蜂拥而至在树林中觅食
叽叽喳喳
并不理会路人的偷拍

暮年的雪
是脑海里远行的航船
搁在冰层上的焦躁
是孙儿一捧消融的雪
置于手掌的叹息

生活的理由

被父亲揣在怀里
留给孩儿的半个肉包
被恋人藏在口袋
留给另一半的半块红糖
被老夫拎着
留给老妻的半瓶绿茶
带着体温

疼与被疼着
都是活下去的理由

你可以　不可以

这是一个伟大的时代
出思想也出巨人的时代

如果你居庙堂之高
可以创造千秋基业
留下美德美言
不可以亲小人远贤臣
让自己身陷囹圄

如果你处江湖之远
可以仰慕别人的才华
不可以惦记别人的财富
耕耘好自己的土地
人生的日子一样日丽风和

如果你是强者
可以尽情释放圣人的慈悲
让自己心灵湛蓝高远

不可以居高临下
用傲慢的眼光俯视苍生

如果你是弱者
可以尽情挥洒痛苦的眼泪
不可以夹杂心灵的垃圾
让泪水蒙住别人的眼睛

这是一个开放的时代
努力奔跑就可以成为巨人

乡愁

乡愁　是儿时居住的老屋
屋后那片竹林　竹林外流淌的小河

乡愁　是傍晚房顶上袅袅的炊烟
是冬天火炉旁父亲向善的故事

乡愁　是早晨父亲走向田埂的背影
是黑夜来临时母亲对孩儿的呼唤

乡愁　是孩儿嬉戏时母亲脸上的笑靥
是孩儿生病时父亲搭在额头的粗手

乡愁　是孩儿跪在父母坟前脸上流淌的泪水
是父母留给孩儿的无限思念

乡愁　是家乡对游子的期盼
是游子魂牵梦绕的家国情怀

薰衣草

我与橡树站在同一片山坡
招展与缄默都是我的错
隐忍与退让
把自己储存硅和钙的坑
统统让给过客

我把油腺藏在修长的枝
希望山坡飘动迷人的香
让躁动的人群归于镇静

因为橡树的招展
那一片蓝色的大海
在风中全留给了黑夜
留给我黑夜中的迷茫

我挡住了橡树的风
挡了橡树的阳光
风起的时候

我转身
阳光照耀大地时
我转身
转啊转
转入一片黑暗的荒山

我看着我
这个温暖的情人
这个同心同德的旅伴
这个拓荒者
在山坡上
只能自己把自己照亮

等到阳光照耀的春天
我把寂寞垦成诗意的土壤
荒山长成紫色的草原
我的草原
我能靠近的草原
我能拥抱的草原
橡树再也无法抵达的草原

图书馆

你是银河
每一本书
就是一颗星球
宇宙万物
无尽时空
在这里都可以找到注脚

我是尘埃
落在每一颗星球
触摸历史的脉搏
倾听天籁的声音
上溯远古的废墟
将银河的时空紧握

流连于斯　我难掩兴奋
终有一天
我会成为一颗星球
伫立于某个橱窗
让自己仰望

江湖

早晨

江是江　湖是湖

鸟儿唤醒我的时候

我看到西江明月

我看到东湖朝霞

夜晚

眼睛下着雨

心中为你撑起一把伞

从此　黑暗中

你我深陷泥沙

卷入江湖

短章

借时空的堤岸
披一头秀发
着一袭长裙
在湖边迈步
与垂柳相牵

2018年的最后一场雪

南方的雪　　总是
忸怩而迟钝
烟雨下　　负四度的冷
不肯让她降生
我以为
她在天空的母腹中安睡
等待新年冲天的礼炮
将她唤醒

穿上黑色的棉袄
钻进白色的座驾
去遥远的故乡送别
永远留在2018年的
父老乡亲

高速公路比预报的干燥
叠嶂的青山比往年更像冬天
若干年来

我总是在多虑中收获
日月天地的护佑
苍天将这场大雪
锁在天宫

我在寒风中送你
我在 2018 年的最后时刻送你
养育我的父老乡亲

2018 年的最后一场雪
必将落在 2019 年的黎明
我黑夜返城
苍天又一次佑我
我何德何能承受
天地之恩

风

你来时　倜傥温柔
所有鲜花为你怒放
被你吹开的花苞
带着鲜嫩与娇滴
翘首枝头

花开时难免冲动
不懂花季短暂
不懂你的不定行踪
你飘过山林　湖面　庭院
在林荫小道
撒下缤纷落英

你走时　无影无踪
抛在枝头的花蕊
逐渐点点锈斑
却带着不甘的点红
孵出你模样的果
在世间　不是苟活
定将辉煌

雷雨

黑夜　轰鸣声由远及近
天空终于大发雷霆
电光闪耀
风雨扫荡着人间世
这是真正的雷雨

他喜欢黑夜
喜欢这个小城的风花雪月
在城墙上高呼语录
夜晚睡在周朴园的床
将津液流在佣人的身上
这个城门任他开启
古老的经幡
不能唤他回头

他走出城门
到更大的城市游荡
怀揣一堆金币
闯过红灯
用其中的一张老人头像

购买一张即将过期的车票
将他寄往异乡

任何人都逃不掉
雷雨的洗涤
无论灵魂的还是肉体的
时空已无法回到从前

这座古老的小城
一如既往
收留每一位受伤的过客
又将他们送往家乡
只是进出的路
不如从前好走
曾经美丽的天使
仿佛霜后的菜花
亦如他头上一夜之间长满的白发
逝者的灵堂
仍在门前搭起
追悼他永逝的昨日风光

但是这一切无法阻挡
春天扑面而来
它强劲的雨
濯清小城的每一个角落
花园里的丁香　蔷薇成片生长
他能看到自己的终点
却无法看见小城的重生

遇见 yù jiàn

李春湘 著

钥匙

小时候
很羡慕别人腰带上挂一串钥匙
队里管粮仓的出纳
就有一大串
他走路的时候带风
钥匙也跟着荡漾

我们家
没有钥匙
茅草下五间土坯房
没装门锁
那时候天很蓝
星星比现在多
月亮离地球比现在近

记不清从什么时候开始
手袋里就有了一串钥匙
让我感到沉重
如同成年以后的生活

做人是值得的

突然有一天
农业示范园驻扎家门口
示范园最大的看点
是伫立于山岗上的猪圈

浩瀚的白色建筑群
马头墙画上微翘的猪嘴
庭院深深
围墙外高耸的瞭望塔
可以瞭望大地与天空

多年来我从未见过
这些可爱的邻居
它们一代又一代
来自何处
去了何方
我不知晓

突然觉得　做人是值得的

2008 年的冰灾

一·二〇
苍穹黑
星城郊外
漫天飞雪
沩江桥上铁碰铁
霎时地面人流血

大桥下
寒风冽
乡亲有义
人情不绝
暖被只把伤者贴
熊熊篝火催人热

来急电
首长曰
中西医院
由你选择
母校专家将尔接

苍天不让夫妻别

骨虽痛
志未灭
再踏征程
壮怀更烈
扬帆起航从头越
知恩未报焉能歇

2008 年 1 月 22 日

孤独的春节

又回到这里　砂子塘路口
白天如夜晚一样宁静
曾经的车流　突然消失
曾经的人群　突然隐匿
干净的街道　如广场宽阔
红灯笼带领我的眼睛
走进我的青春

我在校园里寻找
我们一起走过的足迹
拍下来寄给你
杏树下　你的足迹深沉可现
而我的过于浅薄
无处可寻
在空间站　你已驻了三十年
是否从来不把我思念
你什么时候回来
与我共谋新年的行程

天空飘着雪
这里只有我
一个人

2008年2月

想去的地方

从这里出发
去想去的地方
一台车一瓶水一个面包
就是所有的盘缠

从这里出发
心无旁骛
没有水泥森林的喧哗
没有公文的冗长缠绕
蓝天白云下
只有青山与高楼两道边线绵延

从这里出发
那些远古的事儿
全变成美事
新的意象一拨一拨地
流入脑海
汇成一条诗的河流

从这里出发
静静地倾听远山的呼唤
心中荡漾着
一曲曲动人的歌

从这里出发
一个人开着车
家和远方
都是想去的地方

新年

旧年被时光带走
仿如我钟爱的恋人
诀别以后
不言再见

我在祭祖弥漫的清香中
祭祀我无梦的往昔
接纳新年
迎接一段迷惘的新生

我还如此年轻　年轻得
让自己懊恼
在冬日的暖被中颓废
在酒肉餐桌上油腻
在电子鸦片中挥霍追梦的青春
我还如此年轻　年轻得
让自己庆幸
早起的鸟儿还可以把我唤醒

一条漫长的路
让我有可追梦的青春
还有一个浪漫温存的她
诱惑我执着与钟情

2019 年除夕

在先祖的坟上培上一捧新土

点亮两支蜡烛

已为神的先祖

今夜请随我回家

检阅你为我创下的基业

除夕　换上新年的门神

点亮所有的灯

红火兴旺

宁乡的花猪　沩江的鲤鱼　六十里长冲的鸡鸭

向祭祀的神坛游走

胞兄的滚煎　胞姐的米酒

点滴沾满乡愁

今夜　　我继续做个孝子贤孙

在家族的祠堂里

宴请先祖

祖先啊

我听到了你的脚步
朝我跪着的身体靠近
我向你报告
强盗闯入我的家园
没有掠走秋毫家产
澳洲连月的大火
没有点燃我内心的躁动
我以慈善与忍耐
守护着先祖的血脉
家园的安宁

今夜　我向亲生父母跪报
你的含辛茹苦
养出的我
是你想要的模样
铮铮铁骨　干净为人
半个世纪过去了
我已洗尽铅华　六根清净
还原年少时的真实与圣洁
在庭院里
品红茶　读哲学　写诗赋
在漫长的肺疫之夜
耐心观赏
院子里高墙上四角的天空
已能悠然坐在公堂
直面悖论与批判

也能在风雨飘摇的江湖
面对颠倒的日月星辰
宠辱不惊　和颜悦色
赞赏也好　指责谩骂也罢
都是直入天堂的缕缕云烟

今夜　我是凌寒的冬梅
拂去身上的冰雪
朵朵绽放
用丫杈于天空的枝头
对天书写
我的高洁与爱恨情仇

旧年的阴霾
已被我驱散
它们尾随除旧迎新爆竹的云烟
一同升入云外九霄

2020 年元月 24 日.除夕夜

四月

你在灿烂的季节回来
在我翠绿的园子里
种下春光一片
姹紫嫣红
挑逗我胸中的小鹿
装点我多梦的春宵

我知道这个季节
不适宜儿女情长
出海的航船在码头鸣响
海燕　海鸥　我
就要起航

我该在浪花涌动的航程
留一路搏击的气息
并在波涛上刻上自己的名字
花瓣飘来时
才能找到我炽热的青春

那一夜

那一夜　天地倾盆大雨
那一夜　桥上车流如织
栅栏的顽石横卧车道

你把车停在我的前方
白色的背影
在雨中躬身　挪开那块绊脚石
如天空的闪电　一晃
白色的车
消失在远去的雨中

你永远不会知道
一个弱者的名字
长着弱者的模样
在人世间从来只有
慈善与妥协
你的一个不经意举动
给了我远方的诱惑
给了我仁慈与妥协的理由

九月出发

在男生宿舍与女生宿舍的岔口
你我有一场如期的邂逅
九月的天空很高
我仰视它同时也仰望你
我们预约一场漫长的旅行

象牙塔赐予九月钥匙
我们从此出发
途经的每一个驿站
不是停靠的港湾
而是必经的磨炼
多年以后
我们必将开启
天地之门

我仍然爱着

仿佛走过亿年
千万次试探　走出
走进虚无
梦中仍是你的影子
和那一席温柔的缠绵

那个风雪之夜
逮住了一段幸运的爱情
路上深深的脚印
绵延数年已越过冷暖时空

纵然铅华洗尽
再无复制的似水流年
时光老去
我还是那个茶花树下的女生

出征

仍然是寒冷的风
在黑夜响起
雨点扑打窗户
也打着河面的浮萍
昨日以前
我蜷缩于有你的暖被
蝉蛹般　三十年

今夕何夕
你出征武汉
留我独守空城
心吊起　针尖般战栗
深夜　猫在河对岸嚎鸣
声嘶力竭
我突然想起
早已是春天

等待

不是鼠疫　是肺疫
囚我于高楼的寓所
徘徊　远眺　等待天边的霞光
寒冷的春　河岸的梅枝　杏条
丫杈　直指苍穹
天空萧瑟

你奔赴阴霾笼罩的江城
"不计报酬　无论生死"
防护衣憋闷的躯体　或
口罩压抑的喘息里
一条条气若游丝的生命
活着走出方舱

每日看着疫情日报
眼里总是噙满泪水
几十条生命从此消逝
上千条生命在春天复苏

我终日足不出户
等待疫情归零
用手机给你发一条信息
你可安好　吴又可的汤药
你是否有暇喝上

远处高楼林立
与天空　苍山一色
哪一扇窗户属于你

我在初春的寒风中颤抖
害怕寒日过于漫长
我等不到桃花盛开
害怕自己不能承载你身上的汗水
等不到你的归来

慰藉

——中国教科文卫体工会致湘籍援鄂医务人员的慰问大会

十月
来自北京的阳光
以中华的名义
赋予你抗疫的温暖

不只是服役
你的一生
汗
血
泪
洒在黑暗中

世界不知道真相
但总有人洞悉
你的黎明早来
你的黑夜晚走

今天
阳光炽热　空气清新

面膜　眼贴　口红

并不专属女人

你是上苍派驻大地的天使

专为拯救苍生

这场大典

为你而庆

鲜花

在十月的阳光里

为你盛开

2020年春节　我多想

我多想去大哥家看望咱娘
可大哥一家人"疑似"
我只能站在栅栏外
朝九十岁的母亲瞭望

我多想回家会见兄弟姐妹
可家家闭户
亲人邻里之间
不能来往

我多想在城里拜见长者和朋友
非常时期
纪律在前
那只能是来年的构想

我多想在校园迈步
到岳麓公园登高远眺
所有公园大门已关
都戴上了防护的口罩

我多想回到生我养我的平原
呼吸洁净的空气
与小鱼小鸟讲话
可回村的路已经堵牢

我多想家人陪伴
可他们都是医生
日日夜夜在医院
救死扶伤

我多想新冠疫情提前结束
我与我的祖国
可以在广袤的大地
自由奔跑
我多想我亲爱的祖国
经过这场战"疫"的洗礼
从此山河无恙
民富国强

遇见
yù jiàn
李春湘 著

七夕的天空

银河中闪烁的星星
在夜空游动
从西向东飞向大海
我在桥上凝望
你在哪一个星球
让我仰视　让我追寻
我想你
但不知道你是谁
你是我青春年少心的萌动
是载我前行的马
是即将到来的冬天
捂我双颊
试我泪痕
天上发光发热的星星

出海

我爱你
我将弃你而去
离岸时
我须用生命丈量海的宽度
如果我的船只误撞冰山
那是因为我偏离了航线
如果我的船只遇到了海啸
请记住我的绝情
一个将生命献给大海的人
他的心里只有彼岸

我爱你
请别将我挽留
离岸时
我须用生命丈量海的深度
如果我误入鲨鱼之腹
那是我对生灵爱得不够
如果我在海底长眠

请相信沧海桑田
一个将生命献给大海的人
他必将成为一座高山

2020 年中秋

今夜
月亮置身于黑暗中
它带着新冠的伤痛
无法照亮中秋的天空
纷飞细雨
覆盖了桂花的芳香
2020 年
世界改变了许多
但
中秋的意义
一如既往

中秋寄语

我能想到的人生美好时刻
就是
天上一轮明月
远方一缕相思
萦绕
若干年

此刻
你在
我也在

归

离开你时
天还没亮
你正百孔千疮
我随逃亡的人流
决然去了远方

我幻想那里的土地
头顶蔚蓝的天空
养着广袤的绿洲
海岸线悠远绵长
霓虹灯下
能长出我的梦想

蓦然回首
我只是一只在美洲寄居的非洲野牛
有时也是亚马逊河畔的斑马
在轮回的四季
往返迁徙

只为寻找果腹的野草

在那里
在海的尽头
我魂牵梦绕地想着你啊
亲爱的祖国
今夜
我漂洋过海来见你
归来时你已金碧辉煌
我却依然满面沧桑

今夜　我会来医院见你

今夜　我会来医院见你
告诉你
你在手术台　在 ICU 的日子
我为何远离
我不想　不想在黑暗来临之前
让你身上的血
模糊了我的双眼

今夜　我会来医院见你
告诉你
我们曾经离别的日子
你在空间站试验
我在海面上迷惘
常常无助地呼唤
孩儿　你在哪里

今夜　我会来医院见你
带给你

平常的衣服
平常的食物
一个科学家想要而无奈回归
平常的家

今夜　我会来医院见你
让我们仨
有一场久别重逢的相聚
你是否给我
履行一次承诺
人生路上
不再别离

            2018 年 7 月

用生命奔走

地球是何时
我身处何处
我心在何方
穿越北疆的戈壁
驶过南方的跨海大桥
无论你在西征的天路
还是在一带一路的远东
只为见你

偶尔的倒退
只为更快地远行
在生命中擦身而过
每一程　都留下珍惜

我享受你给予的宠爱
为所欲为
你是否还在耐心等我
为我的迟钝

为我的迷路
而耽搁的时辰

用生命奔走
只为换你一世温情

2018 年 7 月

请往前方下一个出口

回家的高速该在关山出口
那时的暮霭让我想起童年
我看见两公里处
绿色通道的上空
警示牌高高耸立
"请往前方下一个出口"
我庆幸　今夜我有理由在外逗留
十二公里　看夕阳落入我的童年

"前方出口是宁乡大道"
副驾的男声带着新年的暖心
多少年了　没能在天空下享受青春的相处
我们丢失了多少芳华
我看见他左鬓少许白发
由曾经的粗壮直立
变得丝丝柔软

在又一个十二公里处

几台小车被出口的栏杆阻挡
交警打着手势
"请往前方下一个出口"
那时的天空已经没有云彩
点点星光在大地闪烁
"前方出口是益阳"他笑
今夜　让我在你的庙宇里静心安睡

这是2019年的春节
"前方下一个出口"
腾出多少守路人与家人团圆
这一夜　我悠然地走向前方出口
尽情挥霍
回流的青春
寻找自己久违的家门

极地

极地　已是半年的黑夜
天空时常咆哮如雷
太阳已远游
月亮也休假
风是
天不经大脑处理的思维
远处的枪声　流弹
如乱云飞渡
把白描述成黑
直击我善良的灵魂
我看到
屈死的冤魂从我的身体里出走
在旷野游荡
留下一具空洞的肉身
我在寒风中守护着
远方的青春

我想象着
黎明在暗夜里蠕动
太阳　月亮就要回来
我分明看到
窗外远处的山峦
飘浮着丝丝薄雾
山巅逐渐显现

我活着　借着内心的力
曾经间歇性停止的心脏
强制保留着硝酸甘油的药香
我等待着
远方的青春朝我呼唤
带着温暖而磁性的声音
他朝我走来
那时
朝霞将照亮我的世界

2019 年 11 月

在我的诗歌里
总有一些是为你吟唱的

天空变幻着
黑夜与黎明的交错
朝霞与落日无语
静静地起落
海　广纳着
大地的流水
落日的余晖传递
飞鸟与沉鱼的呼唤与相思
高山草木无语
拥春花秋月　夏日冬雪
在四季的更替中
走向远古
那片深情的草原
敞开她的辽阔
在草地与花丛中
回荡卓玛悠扬的琴声

风起的时候

坚硬的岩石
碎化为建筑工地的泥浆
松软的黄土
硬化为耸天的高楼
可是　它们无法将尘埃
遮住我的双眼
我在森林和走兽中
只青睐枝头怒放的鲜花
在黑暗的地狱中
仍能看到窗外灿烂的星空

尘世的喧嚣与寺庙的静寂
小人的狂妄与君子的谦和
豪堂的肮脏与猪圈的圣洁
都是诗的选题
在这个薄情的世界
我深情地爱着
生命　土地　花草　河流
炊烟和天空放飞的风筝
我的诗是一条通往远方的路
那里
总有一些是为你吟唱的

PART TWO

第二辑

途中遇见

> 常常怀恋，
> 我们相遇时鲜血凝结在心头的炙热，
> 我们相伴走在云桥上心儿自由飞翔。

yù
遇
jiàn
见

闯天路的人

只剩下你坐的地方
还有几丝光亮
阳光照射着
"川"字
赫然写在你的眉心

你是雁
天空呼你引路
把你的队伍
带入征程
带往蓝天

大地沦你为牛
身后的犁有多重
每一根绳索都勒住你的肩膀
留下深深的伤痕
地有多深
每一个坑

都逼你用金币去填补
刺骨伤痛

是不是你也渴望
祖先给你留下
满房的草满仓的粮
疆土兵强马壮
大好河山
辉映时代画廊
是不是你也曾立志
用忠诚与热血
耕出一片净土
顺乎激荡的风雷
将心愿带入滚滚时潮

蓦然回首
翼下如海苍山
一条扑朔迷离的路
如血残阳
落在烟云弥漫的山河

向前走
还有多少羁绊
通往蓝天的路
还有多长

豪门儿女

红房绿树
面向紫龙湖一湾碧水
我以何身份
站在这横贯东西的楼阁
沐浴家乡的清风
俯瞰湖岸的山峦暖色
享今世奢华

我是列车上的转向架
驰骋在地球南北
我是飞机上的起落架
奔驰在宇宙东西
我是航母上的消声瓦
潜入大海深处

我们一起创造人世繁华
今日　家召唤我归来
以母亲的慧眼

检阅离家多年的我
是否无恙平安

砂仁糕仍如儿时香甜
刀豆花还是妈妈的味道
家的温泉
为我洗却奔波的劳累
夜晚闪烁的繁星
明月下静静的湖水
荡漾的都是乡思

我在母亲的怀抱里休养
在乡亲们的眼中
我是豪门儿女
在一帮兄弟姐妹心中
我是劳模　我是英雄

灰汤　我的家
请原谅我只能停留片刻
时代在召唤
我须再度起航

哥

父母选在牛年生下你
一定是有安排

你生性与父亲一样
懦弱少语
队里不让你参军
你就接受命运的安排
当一个耕田手
在稻田里
把拖拉机开得轰响

作为长子
你选择终身的职业
当一个泥瓦匠
就是为改造家里的茅草房
带着青春与铺盖
在他乡与一群油腻的男人厮混
挑成人的砖

吃童年的饭
老实无争

那个夏天"双抢"结束
你就着手
挖土　和泥　烧砖　建房
把一个贫困农家的日子
过得火红
在他乡用一个学徒的工钱
为我寄折叠雨伞　纯棉围巾
把一叠人民币夹在信里
嘱咐我买一套校服
说是我们家的孩子
不能低人一等

成家后
你为一家四口
为生癌的岳父　摔瘫的舅子　舅子的孩子
熬出白发
你一人赚钱养家
让嫂子陪读
将女儿送进北理工
将儿子送进浙大
在炎热与寒冷的脚手架上
时刻牵挂年迈的爸妈
这么多年

你一个人撑着三个家

一个本来不够壮实的牛
带着长兄如父的枷锁
多姊妹的家庭
十指难齐
我在你沉重的步履中
常常听到
对姊妹不争的愤懑
与无奈的叹息

你恼怒我不如小时候
常常与你理论争辩
你说　一个有棱角的人
就还有青春的激情
哥　你老了
在一个不该老去的年龄
我愿静心倾听你的唠叨与诉说
那样
你的身心就会年轻

娘

清早起床
给九十岁的婆婆
那个被我唤了三十年的
娘
打一个长途电话
仍旧是三十年不变的祝词
生日快乐　健康长寿

如果没有今春的疫情
在老家的堂屋里
今天又是五大桌上摆着八大碗佳肴
四代人齐聚一堂
诉说着对咱爸(公公)的思念
对家族兴旺的向往

娘一生养育三男三女
七十多年来如门前的香樟树
枝发枝　丫发丫

树冠撑起整个庭院

山村的网络异常通畅
娘的声音异常清脆　唠叨不休嘱咐不已
我突然想起
她活到一百岁的理想
心里涌出一股温热
到那时　我的
亲生父母就逝世二十五年了
六十岁的我
依然是娘的孩子

手足

中午吃泡面的时候
姐姐打来电话
问我右手痊愈没有
我拿出一个苹果咀嚼
发出吧唧吧唧的响声
嘴贴着手机　告诉她
好多了　这不正吃着自己炒的青菜
姐姐很高兴地说
看来神还是管事的
为你祈祷摔伤脚
值

我生病后
姐姐陪我三年
买菜做饭
打扫卫生
清洗内衣裤
她是我的手
把我的生活擦得光亮

现在天气好了
阳台上很温暖
我想邀姐姐来歇歇
顺便做做理疗
告诉她我学洋人
会用左手写字
正在学着用左手切菜　掌勺
我可以开车
我是她的脚

咱们两手足
从现在开始
去周游世界

朋友

两颗柔软而丰富的心
"远隔千里　仍然互相热爱"
贫富不等
仍然互相热爱
地位悬殊
仍然互相热爱
"生死离别　仍然互相热爱"

一年　十年　百年
彼此心领神会
我在天涯海角
你在我心中
无须期盼等待
无须流泪忧伤
知道你安在
我就安心

我是第一百个顾客

整整一天
我走遍商圈的一百个门店
寻找换季的新衣
每个女人都少一件衣裳
它在某一街道某一个门店的某一个挂架上
夹在某一件长衫与某一件短裤之间

所有门店的销售都多于顾客
突然的凉意充斥街头
穿棉衣的　羊绒大衣的　风衣的　短袖的
仿佛来自南北半球
所有人捧着手机玩耍
只为借着店铺溜达

我快步走着
想给每个门店充当一次顾客
让这条戴着口罩的街道
多几份繁荣　少几份肃杀

你最好学会长大

你的心　你的肌肤
晶莹　是早春的雪
皎洁　是十五的月
天真写在你的面庞
你的思想　你的身躯
鲜妍　是百花的瓣
柔嫩　是绿草的芽
快乐舒展在你的眉心

如今你独自走下摇篮
外面的风　暴雪
纷至沓来　削你的脸
天地的雨　洪流
泥沙俱下　冲击你的身躯
阳光总是有价的

你可以在迷途中
无措　皱眉　甚至哭泣

然后抹一把脸

头顶天　脚立地

却无处逃离

你最好学会长大

为一件防护衣　一把雨伞

你看　门前那棵参天大树

经受了上百年的风雨

仍然巍然屹立

宝贝日记三章

（一）月初的月亮

你头顶那一弯新月
不是船
它的另一半在天边
孤月
总有零星相伴

你脚下彩色的足球
是满月
我陪着你
满世界的人陪着你
在月下奔跑
踢出你璀璨的人生

(二)月亮的陪伴

月亮穿过阳台
向客厅洒落
与灯光交映
今夜的光明

小猪佩奇陪着你
游历阳光下清新的草地　城堡　庄园
老牛　小熊　小兔　蝴蝶
佩奇一家
陪着你
快乐地旅行

我陪着你看"大人的书"
静静倾听
爱默生的激情演讲
海子在大海边的深情呼唤
福贵与牛唠叨他今世的落魄和祖上的辉煌

这样的静夜
时光流进你我的血液
让两个世纪交融
成长

你属于大海
你属于蓝天
明天
你是选择离开
还是选择留下
对于我
都是成全

(三)小荷

小荷尖尖
倚一笠绿叶扶摇直上
傲立于粼粼波光中

荡漾的湖水是你的摇篮
纤纤玉手
指向辽阔蓝天

你在阳光下悄悄怒放
你的红　映红了天边
那一抹朝霞

2019年12月8日于家中

民间高手

高中肄业的阿周
年轻时为戒赌
砍掉左手四根指头
那天接我去聚餐
把宝马开得飞快
席间摆满各种包点
做工匀称细腻
味道爽滑香甜
他的助理无意透露
阿周手下四百号人
只做包点
日进十万金

为送我回家
阿周没喝酒
离席时再为我捎上三笼
说是有益脾胃
他的车跑遍半个星城

路过凯德广场
见一按摩店招牌
熟悉的品牌
全城开连锁店近二十
老板系一盲人

我暗自伤感
满腹经纶
至今一事无成

往事如你

每年的第一朵花开
我都会在花瓣中
寻找你的存在
今年一直是冬天
那棵树　始终没有开花
我把自己丢在寒风里
随风飘远

北纬四十九度
下着六月的雪
所有生灵都被冷冻
我大脑的芯片
仍然过滤着往事陈年
我醒着　我活着
最不该亏欠对你的一声问候

鸽子在窗棂朝我示意
告诉我

你的世界年年春暖花开
于是　我在风驰的列车上
继续安睡

医学学生

阳光下
你是花儿
我站在讲坛
托起你

黑夜里
你是阳光
你站在手术台
托起生命

患者家属

跟跟跄跄地跌进家门
推开所有的窗
屋内的憋闷
向窗外的空中逃走
粮食里长出的飞蛾
漫天飞舞
寻找逃离的出口
花盆下成堆的黄叶
告诉我它们也将远离
不再回来

打开你的衣柜
代表你
给列队久候的衣衫
一次肌肤的抚摸
毛巾架上空空如尔
你的水杯也逃离了家门

在那个白色的世界
你已换上勇士的盛装
作又一场一个人的战斗

你的每一次伤痛
是带给这个家的凄凉
人世间如此躁动
你却"抛妻弃子"
在 ICU（重症加强护理病房）独享清静
谁给了你生病的资格
让孩子的母亲
活成孩子父亲的模样

我必须很好地活着
等你回来
你必须回来

师徒
——献给老师

师徒是茫茫人海中陌生的相约
我膜拜途中顶礼
您俯身触摸觑见

师徒是漫漫人生路一段相牵
我以美好时光托付
您以整个身心牵引

师徒是人世间美好的别离
我羽翼丰满高翔蓝天
您深情目送我渐行渐远

舌与牙

谁派你今生伴我
你坚固的存在
在我的温存中
碾碎生活
滋养脚下饥荒的土地

谁派你今生伴我
你温柔的存在
在我的怀抱中
品味生活的苦辣酸甜
辅我养育脚下的土地

谁派你今生伴我
当生活的苦辣多于甘甜
我会絮叨与埋怨
让你倦怠
为何你却不言

谁派你今生伴我
我被岁月风化而残缺
有时也会糊涂
将你咬痛
为何你却不语

太阳派我今生伴你
我们彼此相扶
共同哺育脚下神奇的土地
我羞愧于
被你宠　被你养得红活荣润
挥霍你的年华
却无奈地看着你
从我的身边走远

月亮派我今生伴你
你是我的唯一
我们彼此相惜
今生我比你短暂的生命周期
定将延续到来生
我仍会在月下等你

恩爱夫妻是彼此的父母

那一天　阳光灿烂
我在漫长的红毯走过
走了二十多年
我接过你
就接受了一个父亲沉重的责任

那一天　宾朋满座
我在漫长的红毯走过
走了二十多年
我握着你的手
就接受了一个母亲沉重的责任

从此我就是一座山
用坚实的臂膀擎起
头上的蓝天

从此我就是一片海
用温暖的海浪抚慰
静谧的港湾

我是你的父亲
跋涉中的艰辛
在你面前都会化作欢笑
怎么忍心
移植外面的雾霾
让你污染我身上委屈的戾气

我是你的母亲
生活中的琐屑
在你面前都会化作欢欣
怎么忍心
移植室内的烟尘
让你看到我唠叨的泪水

我是你的父亲
产房里那一声撕裂
飘在你头上的白发
爬在你脸上的皱纹
让我心疼

我是你的母亲
风雨中你的身影
被生活压弯的脊椎
被岁月风化的老茧
让我揪心

黄昏了　你想睡就睡吧
让我们彼此抚平脸上的沧桑
当四季轮回　日月更替
我们定将回到童年
重新从青丝走到白发

安静地看着你

安静地看你时
你的侧影在灯光下凝重
你走进了逻辑的通道
出来时
带着经典哲文
有时　你给我一个远去的背影
我知道
你会转身
带着空间站的数据
与我久别重逢

安静地看你时
你的侧影在孩子身边温存
你走进了甜蜜的梦乡
哼着一曲动听的儿歌
有时你对我委屈地抱怨
我知道
你会嫣然一笑

带着咱们的孩子
把家收捡得格外温馨

家　如此地安静
我看着你　在静中日渐挺拔
成了国家一棵参天的树
家　如此地安静
我看着孩子长高长大
而你　仍是我心中最美的花

终于遇见自己

多年来　一直找寻自己
我隐匿在机窗下
与茫茫云海为邻
飞机降落时
我在草原遇见自己
我惊异　长途跋涉的我
还有拥抱牛羊的温存
我在海滨遇见自己
我惊异　尝尽海水的我
还有海纳百川的胸襟

我在诗歌里遇见自己
向迷途的小巷远去的背影
是我久违的孤独
我终于遇见自己
从此记住了自己的模样
是静夜一盏不灭的灯
投射在墙上的掠影

医者仁心

在充斥福尔马林的空气中
到处是生命的期盼
你没有时间停止脚步
仍然每天向我讲述
病的形成
如何与它斗争
让我
每一个细胞苏醒
每一个脏腑感动
完成秋冬两季的长跑
回到春天

我铭记
"你好点　我就安心"

建筑工人

你来自乡村
黝黑的胸膛
挺直的脊梁
健壮的臂膀
挑着城市建设的重任

你爬啊 爬
一楼 二楼 三楼……
行走在脚手架上
一步一步 一层一层
走向空中
你站在雾霾中
一块块砖 一勺勺泥
垒起座座高墙 栋栋新房
吊车掠过你的头顶
转扬机在你脚下轰鸣

从地面到房顶

从春夏到秋冬
纵然有说不尽的酷热
诉不完的寒冷
你终日行走在高空

你站得最高
也看得最清
霓虹灯下　城市在做着温暖的梦
此刻在漆黑的乡下
有你拄杖牵挂的母亲

建筑工人
我的农民弟兄
城市广厦千万
天寒地冻之夜
你是否有处安身

      2012 年 12 月

一只不咬人的蚊
与一个不打蚊的人

你是引进还是土生
在驾驶室舞动
向着光明的方向

我打开所有车窗
放你一条生路
车内过于憋闷
急驶的车　强劲的风
足以将你送达河畔　原野　森林
为何你不肯离去
是你也向往远方
还是留恋主人的温存

想留就留下吧
一只不咬人的蚊
一个不打蚊的人
定能和谐相守
完成一段不孤独的旅行

雀儿

你误入我的家门
趴在我的窗棂
想找一个出口
那么惊恐
那么躁动

我走向窗口
想打开玻璃
放你飞行
你满屋飞扑
误以为
我将把你捉弄

窗户开了
我退到墙角
远离你的视线
想让你有些放松
你扑向窗口

站稳

给我一个回眸

忽地

飞向自由的天空

PART THREE

第三辑

过 往 烟 云

我倾听,
船底潺潺的水声,
相信过去,
湮没于大海深处。

yù
遇
jiàn
见

黑夜三章

(一)墙角里的孩子

风沙笼罩的年代
母亲在昏睡
我不是一个会哼歌的孩子
无言将她唤醒
独自在墙角吞咽口水
等待她苏醒

我在地里耕耘
将黑发熬出星光等待
我相信
母亲不是爱慕虚荣
她那些顽劣的孩子
让她疲惫　伤心
我认母作母
等待

太阳出来时

母亲就会苏醒

（二）廊桥下

月亮　星光和母亲的眼睛

被飞蚊迷住

她那群孩子

如狼似虎

在廊桥上将雪团撒向行人

起舞狞笑

她看不见

我在廊桥下滑倒

断骨的疼痛弥散在空气中

我走路时的蹒跚

她看不见

（三）雨夜

下雨了

天地茫茫

我被推进雨水中

被替代

接受雨水的洗劫

没有伞

我从未寻找过伞

没时间寻找
我用全部的时间
寻找科学的真理

你的眼中也下着雨
心里为我撑起伞
在江湖
我们一起度过今宵黑夜
黎明就要到来
母亲就会苏醒
太阳就会将她眼前的飞蚊
驱散

太阳出来时
让我们忠诚地叫一声
母亲

竹与柳

一片竹种在庭院的西边
繁衍在砂砾中
细瘦
根根昂首
枝枝清高
多年了
我从未将它多看一眼

一片垂柳种在庭院的东面
静寞在树林中
粗放
俯身大地
憨态可掬
我会拍一组组照片
将它珍藏在
每年的春天

今日过后

若干年了　你一定认识我
那个被大人送来的小孩
带着谋生的欲望
朝你靠近
你总是字正腔圆
带着冠冕堂皇的理由
引诱我
在昏暗的灯光下
背诵你框定的信条
一遍又一遍
入脑入心

我背诵了
那些信条让我抑郁
梦中多年
仍是你恐怖的幻影
今日过后
我会将你彻底遗忘

江湖的酒

喝着它
带着温情与谦逊
我是世界的
朋友是兄弟

喝着它
就可以回忆往事
那些自以为是的往事
甚至互怼
翻出儿时旧账
做贼不犯
三年自招
喝着它
就可以谈论异性
女人都是祸水
男人没一个好东西
喝着它
就可以说一大堆

胡话　奉承虚假的话　无用的话
喝着它
就可以评论世风
咒骂腐败和不公

喝到情深处
酒不再是酒
是水
杯杯相碰
总会流出一些
流出需求和女人的泪水
流出供给和男人的权威
世界是我的
于是　一堆饥饿的酒杯
又重新斟满
碰在一起
发出混浊的响声

江湖的酒
浓烈而苦涩
淹没了女人的无奈
淹没了男人的失落与孤独

绿绒蒿

你血污的手
将你的微笑拍在我肩头
盖住你空虚的酒杯
我从不沉迷于往事

我喜欢听门德尔松的《仲夏夜之梦》
喜欢看新郎亲吻他新婚的娇妻
习惯于在漫长的冬季隐忍

夏天　阳光很好
它如我的灵肉一般
阴晦与忧郁都不属于我

我的时间不容与你周旋
我不会埋你在冬天的山脚下
土地上不会开花
我与你相距十万八千里
无限个季节
但每年夏天
我会回来

冬日炉火

你成了众星之月
寒冷与平庸点燃你的欲火
一拨又一拨的故事
就在你的身边燃烧
青涩的变成油腻
平淡的变成神奇
你把屋外的风景
抛在风中
让脂肪日益膨胀
化作蠢蠢欲动的情火
在密闭的空气中放纵

你熄灭了多少人的梦
沉醉于温暖
便会浪费许多追梦的光阴

秤

我们曾经用同一杆秤
去称气球和石头

我们赞扬膨胀的气球
赞美它的艳丽
在天空飘荡的神奇
把一棵草描述成大树
把一滴水描述成江河
让它无限地升腾
直达云端

我们藐视沉默的石头
嫌它丑陋　笨拙
嫌它上不了厅堂　不如鹦鹉
让它垫底
铺路架桥

于是我们看到很多会吹的气球

在空中不能久驻
被空气爆破
落在沉默的石缝里　无影无踪
石头遍布天南地北
伫立成永恒

天空与海

那是北纬 10°的夏天
你拥有今生最炽热的太阳
年少无知
纵身跃入深海
与海兽肌肤相亲
追逐浪花与浪漫

多年以后
你终于上岸
天空的雨洗净身上的盐
你却继续吞吐浪花的泡沫
海水的伤痕却挥之不去

天空与海
自古是没有交点的

婚姻短语

(一)婚姻与物质

有人
因为贫穷
一辈子没能成婚
有人
因为富有
而选择离婚

(二)婚姻中的女人

你若是弱者
他将成为一个强者
你若是强者
他可能堕落

(三)婚姻的同质

目标相同
三观相合
思维同步
就可以同行

(四)婚姻之殇

你的伤在肉体
我的伤在心灵
我们都是婚姻的弃儿

(五)婚姻的阶层

你的故事
演绎着我的人生

(六)婚姻的真谛

唯情而合
唯钱而分

有些树

有些树
纵使高大
你无法享受它的荫
你也无须将它陪伴

它只会在风起的时候
将满树的黄叶
洒落在你的肩头

看海

作为一个看海的人
我多么自私
出海的帆船还未返航
我却将疲惫卸在沙滩
用洁白的浪花
冲洗奔波的尘土
将陈年的孤独与伤痛
都留给海风

作为一个看海的人
我多么飘浮
从未倾听大海深处的激流涌动
也不关心台风海啸的生死浮沉
用肉眼丈量海的宽度
闪拍地球演绎上亿年的辽阔
忽略海的丰富
把赞美遗忘在风中
若干年后
对大海的印象
只有辽阔

定位

阳光挂在窗棂
秋风掠过树梢
凉席躲进了衣柜
秋被爬上了暖床

父亲在祖山上安睡
兄长在太阳下施工

儿子在医院救死扶伤

一个人的周末
我在汤姆叔叔的小屋闲逛
太平洋彼岸
战火
仍被小女人点燃

河水
洒在两岸泥土
远处山峦的红叶
在绿树丛中燃烧

无言

那片荒山让我时常忆起
默默开垦的是一群青涩的小马
他们垦出蔚蓝的天空
垦出洁净的山涧
垦出土地前进的歌声

我潮湿的心常常
怀揣远逝青涩的背影
沉醉于用血肉垒起逶迤的群山
青春遗落的群山

在马圈里与牛相遇
椅子与铜板撞击
撕打着远方的琴声
别了　蔚蓝的天空
别了　逶迤的群山
别了　青涩的小马
人微无言

熬

坐在太阳底下看云
很适合写诗
白云飘动的时候
孩儿眼光可及
祖宗在地下安眠

我必须拣上等的材料
投到锅里　熬
它的分子飘进空中
投到洗衣机里　搅
它的液体流进地底下

刀与火　本不属于女人
但离女人又如此贴近
过往伤痛
何须怒向刀丛
而让自己变得狰狞
生命是需要滋养的

不适宜只有嘴的快乐

女人和强者同样需要
在身体里铸一块盾牌
用以阻挡毒舌之箭

光阴的药

疾驶的车轮也追寻不回
年迈远走的父母
我如一头倔强的驴
被拉回又去追赶
周而复始
颠倒了日月与光阴
始终相信
父母就在天边的某个山村

在沙漠问日
在戈壁追梦
在草原纵情
那些牛迈的背影
迷我一往痴心

多少剂光阴的药
带着岁月的体温
浸入我的灵魂
止我心血　止我奔走
才能治愈我灵魂的躁动

我就想这样被雨淋着

日子还有多长
我等不到
你总是在天上飞
总是在海上漂
总是在异乡

这场雨下得漫长　很好
我就想这样被雨淋着
我痛恨于我的血管柔软
痛恨于骨质还不疏松
不给我一点喘息的理由

我想这样被雨淋着
就会有一双温暖的手
抚摸我的额头
就会有人
给我一碗活下去的汤
为我压压被角

甚至
为我担忧与哭泣
归还我
遗失了多年的母爱与温存

那些凶猛的中药

遭恶狗咬后
我神魂不定
中医师开了七剂中药
蜈蚣　酒　乌梢蛇　蝎……
渗入一堆中草药
仿佛给我一座森林
让我与大自然媾和
医生说这些动物
可以活血化瘀
还可以祛风镇痛

年长的我被吓蒙了
一生害怕凶猛的动物
如今却要将它们吞下
是谁无情

我对医生说
如果这些凶猛的中药

可以祛风镇痛
医生
请把恶狗写进医方

那逝去的

我已安睡
在寂静的夜里
我消失在人世间
在渴望的星球游走
在那个了无声息的地方
我需遗忘过往

我已安睡
在寂静的夜里
你电流的波动
不能触动我听觉的神经
你在黎明前的整个黑夜
是否还等待一份沉默

我已安睡
在寂静的夜里
你不该将我唤醒
我们相识于豆蔻年华

却错过花信年华
如果再爱　我必须
对公文再爱一些
对炊烟再爱一些
对诗歌更爱一些

返回

过了这条河
就没有再返回的船只
我将登岸
迈着蹒跚的脚步
卸去一生的重载
由后人搀扶着
走向山岗

我遗忘了一些东西
在旷野　我得找回
那天清晨
我捡到的花　四月的花
露珠还沾在花瓣上
上面有我的朝阳
那天夜里
我挑灯　看到的草原与大海
冰雪与山川　烽火与浪潮
我收藏在灵魂中

我得返回寻找

返回时

我仍然坐在窗前

沉思遐想

阳光引着我在大地

飞奔　放歌

为春天的到来

呼唤　呐喊

躁秋

炎热　锁在中原内陆
锁住树上喧嚣的蝉
许多思维被空气锁定
许多搏动的心脏
逃离燥热的躯体奔向凉爽的灵魂
你来时
带着一场雨
点点　晶莹剔透
带来一阵风
在我窗前飘动停留
如果生命
不能任由选择
斗转星移
我们总要耐心走过

她该向你们忏悔

买米买气买菜
铆足了力
那些美好的事
美好的意象
美好的诗
全从她的指缝中溜走
悄悄地

你纺的线变卖的钱
你种的稻变卖的钱
她没有交给文化
自甘堕落
坠入厨房
让烟熏火燎
咳　咳出痰　咳出血
把汗想象成雨
洗涤对于你们的背叛

麻雀站在厨房的窗棂
朝她叽叽喳喳
马蜂绞尽脑汁
朝厨房拥挤
瞧着地上的血
那个嘴唇带血的她
曾是你们的骨血

她想给天空打个电话
天正蓝
一条白色的航线划过
启动引擎逃离家门
融入通往你们的航线
远处　无限宁静
她泪如泉涌

腊月

屠户与大厨合谋的生灵
被置入餐桌
去祭祀慈善的祖先
我听见生灵的呼救
若干年后
我不愿虚伪地趴在拜垫上
我愿听
来自山村地坪上爆竹声声
由少年的我
在嬉闹中点燃

雪在夜里偷情
黎明时生下白茫茫的世界
被骚客取名圣洁
这一切　与我无关
年　过与不过
我选择在寒冷中沉默

往年的这个时候

我在父母的坟头培上新土

两支蜡烛

是赠予他们回家的路灯

在即将到来的新年

给长者发一条信息

给朋友送上祝词

今年的这个时候

脑海里成群的细胞

都走进祖辈的行列

眼光滑入黄昏的暗淡

牙床紧贴着舌头

相互宽慰与依恋

胳膊优雅地报告

带着委屈的酸楚

旧年与老

正向我走来

与之相伴的

将是无人问津的孤独

生日

来自偶然
长成必然
从草到人
每一分钟
都很感动

没有什么不能放下
没有什么不能宽容
与自己媾和
与世界和解
生命之花就不会凋零

机场再见

告别了远方
又回到出发的地方
晚起的炊烟熏黑了天空
孩儿又在呼唤
老父又在踮足桥头

机场再见
身后的草原仍在缠绵
回首时
你仍在远处驻足停留
仿佛再向前走
跨越的是汹涌澎湃的河流

驻足挥手
岁月已悲凉
不能留啊
机场从此再见
过了这廊桥
就是责任与爱的别离

别再等我

上一个车站擦肩而过
我以为驱车
能赶上与你并肩前行
你已走进春天
鲜艳的木棉花在空中怒放
漫天飞雪依然
覆盖我肩头

我不能承诺
坐上飞机
还能赶上你的行程
你应该成为洒脱的新郎
而我只能坐在轮椅上
将你远程瞭望
我将迎接下一场冰雪
也许再次回到幼年
牙牙学语　蹒跚学步
那时的你已走进又一轮秋天

红叶像新婚的地毯铺满你的门前
请别再等我
今生与你的相见
没有预期

缘分

听不懂你的言语

擦身已过多年

那列通往丝绸之路的火车

在古道别离的驿站

与你相逢

我相信人世间的缘分

迟早都会重现

而重现的时间

早有安排

倾听

我从不玩弄手机
不让时光消停于
地沟油　网红　隆乳　拉皮　婚变　炫富
不看网上横行的戾气
也不看怨妇在网上煽情

我专注倾听手机的声音
倾听来自天空的吩咐
倾听来自大地的呼唤
青蛙在稻田的鸣叫
小草在风中的叹息
都是我倾听的理由

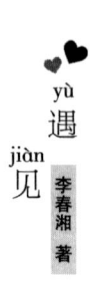

失声日记

没有什么比午夜的雷　清晨的雨
更让人心静
冷　咳　咽痛　失声
和着雷雨
转达来自天堂的声音

我兴奋于失声
自我的孤寂已归于依附的温暖
那个朝夕相处的人
一改风筝的姿态
把棉被折出军人的棱角
将炊烟升上天空
桔梗　南沙参　前胡　射干　西青果
联盟蒲地蓝　阿莫西林
长成花草河流的湿地
把荒芜的厨房开垦成绿洲

我兴奋于失声

我在喧嚣的路口归于宁静

移情于视觉　听觉　思维的功能

于是我看到

叠嶂的山峦

在酣睡中被雾霭湮没

我听到悠扬的梵唱

了却前世今生的恩仇

正月初三的夜晚

在高速的下一个路口

找到久违的家门

我愿这样哑着

静听人世的喧哗

静观朝霞与落日

在自己的世界

免于争执

静心耕耘

囚

黑暗罩住我梦中的眼睛
我听到窗外风的长啸　怒吼
只为无法穿越座座高楼
公路的救护车突围式呼叫
一定陷入了车水马龙
我在梦中挣扎
难醒
我在搏击骇浪的黑暗里
孤身
被忽略　被无视　被遗忘
我为谁而搏击
是为谦谦君子
还是为绽放自己的光彩
追溯岁月长河中
流走的年华

觉悟

我以为　我的血液
是钢炉中流动的铁水
即使在冰雪寒风中
也能汹涌奔腾
我以为　我的细胞
是生生不息的朱砂
即使恣意挥霍
也能保持年轻的光滑
我以为　我的骨骼
是车轮下的钢轨
即使在生产季节
也能从悬崖爬上山巅

蓦然回首
华灯下
一个柔弱的身影

赶路

这一段路
却走得这么匆忙
哪一步是因自己而跨越
或是停留
没有喘息
没在休整
甚至没有自给
不知不觉
就到了黄昏

黄昏也没有喘息
没有休整
也没有时间自给
直到午夜长眠

长眠也好
就可以全心休整
就可以接受大地的给养

苟活
没有哪一段时光
比长眠地下活得更像人

只有金属知道我的疼痛

你扫描我
以疑惑的眼神
表情
行动
思维
言语
性情
却得不出任何结论

中药未遂
针灸未遂
西药未遂
理疗未遂
我仍在疼痛中煎熬

只有PET-CT(正电子发射计算机断层显象)知道我的疼痛
多巴胺神经功能明显受损
这个世界上
是谁伤了我的脑筋

失眠

今夜　城市如同白昼
四周高楼的眼光
一齐看着我
我何以安睡

2019 年 11 月 24 日

星空

一个人要忍受多少苦难
灵魂才能超度
净空中那些无人的星球
颗颗都是莲花

夏天的雪

窗外是何季
五个艾灸合裹着结霜的我
中午树叶卷起
少女轻盈的蝉衣

楼顶坦露城市的凌乱
体内下着宋朝的雪
洁白　纷纷扬扬
世间许多的人和事
让我蔑视

艾条　针灸　推拿
能否驱散体内的风寒
一堆设备
能否疗伤
我该以何种方式
原谅这个世界的罪恶
让身体里长出夏天

2020 年 4 月于附一院

为自己两肋插刀

经常
深夜
潜意识
一个声音
狗吠的声音
向我扑来
我飞起脚
将自己踢醒

醒来仍是恐惧
四周静的惊慌
空空的手
拖一把刀
抱于怀里
不为行凶
面对世界的丑恶
为软弱的自己
两肋插刀

窗外

窗外
秋风摇曳着树叶
太阳变暗了
空气变冷了
树叶变黄了
一年又一年
人变老了

2020 年 9 月 5 日于人民医院

垂帘

病床挨着窗户
我活着
与人世间隔着一张垂帘
我的办公室
与我隔着一张垂帘
三十年的炊烟
与我隔着一张垂帘

午后
阳光干净透明
雨后的大院清爽干净
绿叶欢愉
摩天大楼插入天空
阳光的日子一层一层剥下
这张垂帘

我没有未来

去探望一位受伤的友人
进门后她对我说
你这种病
从确诊到生命终结
不会超过二十年
未来　你将有一张面具脸
面对这个冰冷的世界
未来　你将两手发颤　四肢僵硬
行动跟不上思维
需要别人喂食
需要别人帮你翻身
需要别人为你洗澡
未来　你将终身卧床
在褥疮
在肺功能衰绝后
走完生命的最后一程

我对她微笑道
我没有未来

我将是你的累赘

一钩残月挂在房顶
一树枯枝伸向窗棂
草丛偶尔的绿
是夏天的遗孀
还是来年草地重生的种子

右手
画不动如火如荼的河山
点不燃黄昏的炊烟
一筑树墩
萎缩于墙脚下
树叶滑落
不再为了春天重逢

活着
每一天都很漫长
余生就是你的累赘
将你一起拖入坟墓

应验森林中
乌鸦对婚姻的描述

是否该
走在你的前头
分离是最美的相爱
不拖累　不亏欠
不消耗耐心　不苛求忠诚
千年以后
还会相念

2020 年 9 月于人民医院

多年以后

其实我的诗并不美
少有修辞与张力
常人都能读懂
少有灵动　题材不新
意象常常不明

我的诗仅仅是
一只不方便的右手
记录那些稍纵即逝的瞬间
活生生的对白
还原事实的真相
迎接扑面而来的春风
留住爱与感动

多年以后
我将走入黑暗与孤独
彻底卧床　折磨家人
我想有自己的书

了却夙愿而不敷衍生活
捧着它
用充盈掩盖黑暗与孤独
在诗的隧道里流连
生活就会历久弥新
想到自己没有蹉跎岁月
必将增添活下去的信心

PART FOUR

第四辑

深 情 怀 念

此后我必将常常想起，
并永远不会忘却，
汋江上那座桥，那堆篝火，那条棉被，
那台救护车，那里的人民。

遇见
yù jiàn

怀念你
——献给为中华民族独立与富强而牺牲的先烈

曾经以为你走了
把对你的思念深埋心底
长大后才发觉
你从来不曾离去
在城市　在村庄
到处都有你的足迹　你的信仰

你没有走
共和国的上空
依然飘扬着你血染的红旗
在鸽儿飞舞的蓝天里
冲锋号依旧
嗒嘀　嗒嘀

你没有走
在那个风雨飘零的秋天
身着戎装　肩挎钢枪
心中惴着信仰
在母亲不舍的目光中

毅然踏上
血雨腥风的战场

从此　你怀着民族独立的梦想
在罗霄山脉　在湘江河畔
在乌江渡口　在遵义会场
宣传主义与真理
四渡赤水　巧渡金沙江
强渡大渡河　飞夺泸定桥
翻越夹金山……
在长征路上
写下军队建设的不朽篇章

你没有走
你去了反法西斯的最前方
面对国土沦陷　民族危急
你高呼统一战线的口号
首战告捷平型关　百团大战展军威
在流弹中穿梭　在硝烟中寻找
中华民族黎明前的曙光

你没有走
你把青春的热血
洒在沙场
让真理与正义
在与掠夺者的战争中

奔放　伸张
将人民解放的旗帜
插到宝塔山上
插上北京的城墙

你没有走
你让五星红旗
在祖国的上空高高飘扬
从江南到塞北　从中原到边疆
传颂着你强国强军富民的梦想
你用血与火炼就的臂膀
挑起民族复兴的大梁

你没有走
带着祖国与人民的感恩
带着民族复兴的喜讯
在苍松翠柏中
与母亲相守　与战友重逢

2015年5月31日

半条被子

一把手术刀割开的爱
铺在路上别离　繁衍
近一个世纪的思念
你的体温与芳香留下
信仰与使命在硝烟中远行

从此有一条线　如风筝之绳
一头在黑暗中紧握　瞭望
牵肠挂肚　撕心裂肺般
一头辗转漂泊
在风中雪中雨中流弹中

曾经你给了我半条被子
而今你给了我整个世界

2020年10月

祖先的文明

你是东方的神奇
为东方苦难而生
将一腔热血
倾洒在中华大地

你踏进五千年长河
去清洗生灵的血污
让黄河长江变得清澈
孕育东方巨龙

祖先将你的名字
谱于《黄帝内经》
岐黄　青囊　杏林　悬壶
只是你走过的人生驿站
那里留下你爱的倩影

成名后
你的名字叫中医

伤寒杂病

你起点少女的初潮

破茧成蝶　走出闺门

从此护卫先帝的血脉

从夏周　经秦汉　魏晋　沿丝绸之路

一直走向千禧之年

治未病　强体魄

驱瘟疫　救苍生

掠夺东方之子的罪恶

在你脚下

始终无法称雄

你不是一个传说

当外敌入侵家园

护卫神农氏的故事

砭石破痈去腐

灸法灼体疗病

药物配伍熬汤

拯救华夏子民

你不是一个传说

在形神不一的世间

捕捉腐败的起源

固本清源

驱邪扶正

授天人合一之道
让人类走向重生

你诊治生灵也孕育生命
在西医嫁入东方前夕
已辅佐东方巨龙
繁衍四亿五千万幼子
决不让祖先的烟火
在硝烟中失踪

你从未停止脚步
从北京到武汉
从"非典"到"新冠"
拯救苦难的祖国
挑起文化复兴的使命
传承精华　守正创新
在新世纪的曙光中
中医一定会向着太阳前进
一直走向人类文明

那篝火那棉被

我常常回忆那个夜晚
所有的星星都飘浮在空中
伴雪花坠落
月亮贴在地面
它只照亮自身
我在氵㸒江大桥上呼唤
你在哪里
远处　只有黑夜与寒风的回声

回忆的此刻我必会想起
那个穿雨衣的男子
翻越大桥围栏
穿越风一般的车流
向我招手急奔
他在桥下　那儿很冷

回忆的此刻我必会想起
河滩上那堆篝火
燃烧河面上袭来的寒风
光明与温暖围绕你

上苍对你如此恩宠

回忆的此刻我必会想起
你睡在河滩上
篝火旁
一条崭新的棉被
包裹你遍身的伤痕

回忆的此刻我必会想起
远方　终于突破网络的局限
以救护车的呼唤
回应了我的声音

回忆的此刻我必会想起
我有了记忆中的
第一次流泪
第一次面对大众　面对我的人民
下跪鞠躬

此后　我必将常常想起
汨江上那座桥
并永远不会忘却
那个穿过车流向我急奔的男子
那堆篝火
那条棉被
那台救护车
那里的人民

2008年2月21日夜晚

青春　你如此让我眷恋

那年五月
你给了我一个火红的惊喜
你走进我的生命
我走进你的洪流

你是花
我闻着你的芳香
身体里就有了花的种子

你是歌
我听到你的声音
血液里就有了颤动的音符

你是梦
我在你描绘的世界里
脑海里就有了属于自己的梦

你是爱

你将爱的种子撒向一路

爱的蓓蕾就在我的大地绽开

从此　我有了一个鲜花盛开的春天

年轻的热血

涌动的激情

澎湃的歌声

你把我推向一个又一个高峰

我常常梦中思恋

我们相遇时鲜血凝结在心头的炙热

我们相伴走在云桥上心儿自由飞翔

太阳偏西的午后

你离我渐行渐远

我在汗水中逆袭生命周期

只为把你紧紧拉住

我知道　你终将远离

让我在寒风中

驻足将你目送

此后是终身别离

写于2018年五·四

那些年

那些年
我把体温留在你的怀抱
把梦想的唾液流在你的肩头
带走你的梦想
在远离家乡的路上
迷茫奔走

那些年
我坐在窗边看水里的鱼
与小鸟隔着玻璃私语
你讲的那些千古奇闻
都落在我少年的梦里
化作校园橱窗里
传阅的美文

那些年
我孤傲又懵懂
在玉树林中目不斜视

因为好奇

多看了你一眼

便酿成一生

挥之不去的相思

那些年

我被招进水泥森林

误撞孤岛

身上的盘缠

被岁月洗劫一空

那个娇嫩的你

被我含在嘴里

成为我一生

冲锋陷阵的理由

那些年

一个能被风吹起的女人

一手牵着嗷嗷待哺的孩子

一手推着轮椅上的亲人

眼含泪水

目送父母走入天堂

消失在云里

那些年

地球转来又转去

总转不出

日落又日出
潮落又潮起
春去又春来

那些年受过的宠
那些年用过的情
那些年吃过的苦
那些年流过的泪
都变成照亮我前路的灯

我的 2018

来不及好好拥抱
就要与你再见
我的 2018

祖先与我做终身的告别
我的下一条生命
走进我的春天

我走出病房
你走出病房
我们再度生死相逢

向我奔来的列车上
载着我曾
爱过的人　翻过的山　追过的梦

仿佛已经到站
阳光依旧照在门前

告诉我仍有再奔的旅程

不想与你告别啊　我的 2018
我留在你的世界里
或是
你留在我的生命中
都是一首不朽的诗篇

赶春

母亲　我无颜消受
黎明时炊烟的清香
你努力付出
我仍然过于平庸
你对我太好
让我内疚　恐慌
我无以回报

我得赶早
待太阳升起前
留住天空的明月
留住红叶石楠上晶莹的露珠
在碧波荡漾的湖面
留一路深深地呼吸
让它给我作证
我已悟醒

垂柳在湖边新装飞扬

香樟树也该
作一度落叶与新芽的交替

我得赶早
作别湖水
在铺满朝霞的海面上
赶上那趟远行的航船
将青春的网撒向大海
沉淀海底
收紧网的纲绳

母亲　我没时间留恋
红叶石楠的艳丽
暮归时
我该撑一竿长槁
将你希望的果
满载船舱

失去

如果我知道
天流泪时　我也会流泪
我就不会去接清晨的电话
我会照例把孩儿带进阳光
在花开的季节
把故乡藏在梦里

如果我知道
北方旅客的归期
我会在故乡的门边
插上端午的菖蒲和艾叶
在阴晦的季节
把母亲拥在怀里

我专注于前方的航标
钟情于肩上的行囊
操心远征时是否备足风与草
给我的马

给我的帆

我忽视故乡的雨会飘进窗棂
会打在母亲的头顶
我忘记了自己的泪
会洒满归程

把母亲埋在我的身体里吧
那样便结束了十五年的母子离愁
天明时　我带母亲启程
端午的艾叶　重阳的茱萸　除夕的门神
请代表我
护卫父亲安宁

2005年5月(农历)

爸爸　我想做你的父亲

一直以为父亲高大威猛
直到母亲未能幸免心梗时
我还能伫立他的肩头
眺望远方的风景

那个夏天　我在医院看到
父亲动脉硬化与血栓的CT（电子计算机断层扫描）
终于确信
从此伫立我肩头的
将是无法行走的父亲

父亲嘴里像含着一口饭
看着病房的天空默不作声
如同我
看天空时
眼泪就不会掉进父亲的碗里

在城市　我行走过于匆忙
一直忘记
在四季轮回的路口
等一等步履蹒跚的父亲

甚至于
忘记父亲的独轮车
在上学路上碾压的风景
忘记父亲送我进城
留在铁道旁蹒跚的背影
忘记一个父亲
缺少向子女索取的主动
忘记了一个高血压老人
在失去老伴后
如入孤岛的凄怜

我怎么办啊
那些治血栓的药物
那些维生素　蛋白质
还能弥补对父亲的亏空吗
八十岁的父亲
体内有几滴水　几粒粮
来源于子女的反哺

爸爸　感谢你赐我一个机会
让我做你的父亲

从此陪你
咿呀学语　蹒跚学步
让你伫立我的肩头
看远方的风景
长大成人

不要待来生
当你长成高大威猛的小伙儿
我已进入暮年
我想让你把我埋葬
我不想再有一次
为你流泪伤心

　　　　　　　2005 年 6 月于附一院

呼唤

母亲　您对孩儿的爱
只求付出与给予
即使自己病入膏肓
也不让别人
把远方的孩儿惊动

那个夏天
在黑暗中　在雨中
您悄悄地走了
母亲　您走得那样安宁
甚至　都没让父亲相送

您走了　母亲
从此　您带走了
家的灵魂　家的欢乐
孩儿生活的激情
孩儿对您的感恩
都化成追忆的梦

从此　您一个人睡在山中感受

春的雨　夏的蚊

秋的风　冬的冷

您让孩儿好生无奈

好生心疼

母亲　您走后

父亲哭了

终日望着您墙上的照片

他一动不动

从夏天到冬天

从夜晚到黎明

母亲　您走后

父亲着手

集父爱与母爱于一身

他储存夏天的粮

他缝制冬天的衣

连同思念

一起寄给我们

母亲　您走后

父亲病了

朦胧中

他无数次看到了您的身影

他向您伸过手去

可两手空空

望着病房的天花板

父亲倒数着与您相聚的光阴

母亲　请恕孩儿无能
孩儿治不好父亲相思的病
一辈子忠于家庭的父亲啊
他要去天堂追您

他来了　父亲找您来了
——母亲
我遥望银河
叩问七星
我那恩爱了五十四年的父母啊
是否在天堂重逢

母亲　春天已经来临
沉睡了十年的您
也该醒醒
您的孩儿又跪在您的面前
献上春天的花
还有您最爱吃的椿煎饼

母亲　母亲　我想您
我想要您回来
可那只是黄粱一梦
母亲　今夜请您搀着蹒跚的父亲
走进我的梦中
我们共同商量
做一个
下辈子还做母子的约定

2015年4月5日

情人
——献给母亲

站在空旷的青砖瓦房
遥望有你的天空
不知道你为何离去
今夜我为你归来

那一日　你我草堂相遇
我全裸的肉身
是你深情的馈赠
四十二年无眠的月光
丝丝缕缕
牵我走过你的芳华
我的生命因你如鲜花怒放

在你大海般的爱里
我一次次蘸取
你生命的精华
直到大海干涸
从此
今生再无昨日
人间没有情人

影子

月已朦胧
多少次　你摸进家门
走近我的床边
来到我的梦中
我看不见你的脸
看不到你高大的身躯
但我感应那只为我压着被角的手
是你　父亲

你回来的日子
必然连着节日和喜庆
亦如我
在你活着的时候
节日必回故乡

今天是你的生日
本应属于你人生九十四年的光阴
被可恶的阎王抽走了十三个年头
让我思念了十三个春秋

公公

(一)

每次回家　坐在你床前
看着你的脸　像一尊树雕
当我呼唤爸爸的时候
树雕如花儿绽放
你回来了

今夜你睡在箱子里
铁　是否让你有一些寒冷
爸爸　我回来了
你要去何方

你不再在每个春天
将我迎接了吗
你不再在那些节日
为我做美食了吗

你不再用您的臂膀
为我阻挡魔鬼了吗
爸爸　我回来了
你要去何方

天渐渐黑暗
雨就要来临
爸爸　我不知道往哪里
送去手电筒　送去雨伞
今夜　我仍然坐在你的床头
守候你的灵魂归来

（二）

爸爸　我多么期待
如曾经一样　你留在家中
就算你只是一缕轻风
也给我一个迎候的暗示
那样　我也会知道
我已回家

推开陌生的大门
房子过于干净
厨房过于冷清
你的卧室里　只剩半屋的冥币
中元节时

那是你回去的盘缠

国的情怀未释
你何以失约　不活足百年
让我从此堕落
坠入厨房
熏成一个
像你一样的祖先

你既已上山
我须得出山
把这所房子
过成家的模样

没有再见了　爸爸　再见
你走时
请留下父爱家风

2018 年 6 月

上帝给了你凉爽的夜晚
　　——致堂兄

若干年了
㳌江的支流仍然生动
那里的鱼儿生虾
曾是你童年的午餐
夏天　一条短裤是你唯一的遮盖
冬天　空荡的破袄何时为你遮挡过风寒

在这个炎热的六月
上帝给了你凉爽的夜晚
你把最后一滴泪流进㳌江
让它洗尽你的懈怠
洗尽你六十三年的饥饿与孤独

堂兄好走
在通往天堂的路上
不要再去寻找父母
也不要留下返回的标签

失诺

春天　你许诺过

终身守在她身边

呵护一枝永恒的花朵

为何是她

在你的病床边守候

推着你的轮椅

走进秋末

推着你的灵柩

走向冬天

你在一个中年女人的脸上

刻上古稀老妪的年轮

在岁月雕刻过的缝隙里

留下行行泪痕

见到她　我心如刀割

你啊

怎能如此失诺

有尊严地死去
——赠工会同仁

省"工代会"上
一幕幕画面放映你
给职工庆生
陪老干过节
为下岗职工找活
为贫困孩儿助学
倾尽所有

今天　天地为你送行
一场夏天的雨
把送你的路冲洗干净
宛如你五十六年光明磊落的人生

济困扶贫的任务
等待你接纳
教代会的方案
等待你审批
同行恭奉的一壶美酒

等待与你痛饮

贫困村娃娃的一篓花生

等待你收下

你却在鲜花和松柏中

长眠

人生最有尊严的事

绝非活着时有人鞍前马后

也非活着时门前车水马龙

而是

生前积善行德

离去时

有人顿足挽留